배신 기사의 유쾌한 신의 16

초판 1쇄 발행 2024년 8월 19일

지은이 ㅣ 가언
발행인 ㅣ 최원영
편집장 ㅣ 이호준
편집디자인 ㅣ 최은아
영업 ㅣ 김민원 조은걸

펴낸곳 ㅣ ㈜ 디앤씨미디어
등록 ㅣ 2002년 4월 25일 제20-260호
주소 ㅣ 서울시 구로구 디지털로32길 30 코오롱디지털타워빌란트 1301-1308호
전화 ㅣ 02-333-2513(대표)
팩시밀리 ㅣ 02-333-2514
E-mail ㅣ seed_dnc@dncmedia.co.kr
블로그 ㅣ blog.naver.com/gnpdl7

ISBN 979-11-6145-648-5 04810
ISBN 979-11-6145-506-8 (SET)

※ 저자와 협의하여 인지는 붙이지 않습니다.
※ 이 책은 ㈜ 디앤씨미디어(시드북스)가 저작권자와의 계약에 따라 발행한 것으로 본사와 저자의 허락 없이는 어떠한 형태나 수단으로도 내용을 이용할 수 없습니다.

배신기사의 유쾌한 신의 16

가언 판타지 장편소설

SEEDBOOKS FANTASY NOVEL

1장. 두려울수록 무덤덤하게 · 7

2장. 일그러진 무대 위에서 · 89

3장. 천박하게 싸워 보자고. · 151

4장. 자비로운 그늘 아래에서 · 201

5장. 뒤지게 욕 처먹으실 겁니다. · 249

1장. 두려울수록 무덤덤하게

두려울수록 무덤덤하게

다음 날 아침.

아렌트는 렉시온을 대동한 채 빅토르의 집무실에 쳐들어갔다.

처음 보는 검정 일색의 사내와 홀연히 나타난 아렌트에, 빅토르 왕세자는 할 말을 잃어버리고 말았다.

"나쁜 아침입니다, 저하. 썩 잘 주무신 얼굴은 아니네요."

아렌트 폰 에크하르트가 뻔뻔하게 말했다.

마치 귀신이라도 본 것처럼 멍하니 있던 빅토르가 입술을 달싹였다.

"……아렌트 경, 그 모습은……."

 창밖에서 막 떠오르기 시작한 햇살이 아렌트의 옆얼굴에 깃들었다.
 유난히 도드라지는 은발과 미묘하게 핏기가 없는 듯한 흰 얼굴, 그리고 황금색 눈동자가 차가운 인상에 잘 어우러졌다.
 그의 시종 행세는 완벽했지만, 이제야 맞는 옷을 갖추었다는 느낌이었다.
 아렌트가 어이없이 대꾸했다.

"지금 그게 중요합니까?"
"예? 어, 어라?"

 그제야 퍼뜩 정신을 차린 빅토르가 황급히 주변을 둘러보았다.
 창문은 단단히 닫혀 있었고, 문을 열었다가 닫았다면 밖을 지키는 기사들이 알아차리지 못했을 리 없었다.
 노크는 물론 없었고, 그렇다고 해서 문을 열고 불쑥 들어온 것도 아니었다.
 두 사람은 정말 말 그대로 하늘에서 뚝 떨어진 것처럼 집무실 한가운데에 나타난 것이다.

"……!"

우당탕! 화들짝 놀란 빅토르가 벌떡 몸을 일으켰다. 그 바람에 의자가 뒤로 넘어갔지만, 미처 거기까지 신경 쓸 틈은 없었다.

"어, 어떻게 들어온 거지?"
"거 참, 둔하시네. 말했잖습니까. 이쪽에는 출중한 마법사가 있다고."

아렌트가 제 뒤에 선 렉시온을 고갯짓으로 가리켰다.

"다시 소개해 드릴게요. 렉시온 님이라고 합니다. 여기 들어올 땐 탐험가 랙이라고 둘러댔죠."
"……."
"아, 무단으로 들이닥친 무례는 당연히 용서해 주실 거라 믿습니다. 좀 급한 사안이라서요."

미처 대답할 엄두도 내지 못하고, 빅토르는 아렌트와 렉시온을 멍하니 번갈아 볼 뿐이었다.

"확실히 네가 말한 대로 고철 덩어리로군."
"그렇다니까요. 이래서야 영 쓸모가 있으려나 모르겠

지만. 어쩔 수 없죠. 없는 것보다는 나을 테니까."

렉시온이 인상을 찌푸리자 아렌트가 못마땅한 표정을 지으며 고개를 끄덕였다.

"이게 도대체 어떻게 된 거지?"

쏟아지는 혹평을 듣던 빅토르가 얼떨떨하게 물었다. 아렌트는 슬쩍 렉시온을 일별하며 간단하게 말했다.

"딱 한 번만 말씀드릴 테니 잘 들으세요. 이 사람은 드래곤이고."
"……."

난데없는 발언에 빅토르의 입이 쩍 벌어졌다. 하지만 아렌트는 가차 없었다.

"제 조력자쯤 됩니다. 이 점은 확실히 해 두고 지나가죠. 이 사람은 칼리온 제국 편이 아니라 제 편인 겁니다."
"하지만 그게 무슨 차이가……."

빅토르가 혼미하게 웅얼거리는 말에 단호한 대꾸가 돌아왔다.

"큰 차이가 있죠. 저는 할 수만 있다면 루체 신 면전에 침이라도 뱉고 싶은 사람이라. 어쨌든 제가 그렇다면 그런 줄 아시고 토 달지 마세요. 두 번 설명할 시간 없으니까."

"……."

빅토르는 정신이 혼미해지고 말았다.
드래곤이 바로 옆에 있다는 이해할 수 없는 상황과 더불어 생전 처음 받아보는 대우, 그리고 처음 들어 보는 종류의 신성모독 때문이었다.

"굳이 이 모습으로 찾아뵌 이유는, 지금부터 중요한 이야기를 할 예정이기 때문입니다. 아무래도 위장한 모습으로 말을 꺼내기에는 다소 예의가 아닌 것 같아서."

멍하니 듣던 빅토르가 중얼거렸다.

"예의? 이제 와서?"
"그래도 어느 정도 바른말은 할 줄 아는군."

렉시온까지 옆에서 동조했지만, 아렌트는 당연히 무시했다.

두려울수록 무덤덤하게 〈13〉

"여기까지는 이해하셨습니까, 저하?"
"……그래, 일단은."

멍하니 있던 빅토르가 얼떨떨하게 고개를 끄덕였다.

"좋아요. 그렇다면 시간이 없으니 이대로 본론부터 이야기하겠습니다."

아렌트는 주머니에 손을 푹 꽂아 넣고 말을 이었다.

"까놓고 말할게요. 이곳이 루카인 왕국인 이상, 일단 왕세자 저하의 의견을 최소한 듣는 척 정도는 해 드릴 겁니다. 하지만 결국에는 제 마음대로 할 거예요."
"뭐?"
"저하께는 최소한의 선택지만을 제공해 드릴 거란 뜻입니다. 제가 해 드릴 수 있는 배려는 딱 거기까집니다. 거절하시겠다면 그냥 처음부터 끝까지 제 마음대로 하고요. 어쩌실래요?"

빅토르는 한동안 넋 나간 얼굴로 아렌트를 쳐다보기만 했다.

"빌어 처먹을 신 새끼가 아무것도 모르는 놈들을 꼬셔

다가 병정놀이하는 꼴, 저는 보기 싫습니다. 그리고 고작 그딴 것들을 처단하면서 루체가 선이라는 영광을 누리는 꼴도 보기 싫어요."

그와 정면으로 시선을 마주치며, 아렌트가 또박또박 말을 이었다.

"저는 칼리온 제국에서 제일 오만한 새끼라. 제 뜻대로 안 되는 건 못 참습니다."
"……."
"하지만 일단 이 왕국의 주인은 저하시니까요. 일단 도의적으로 여쭙는 겁니다. 이제부터 어찌하실 건지요."

그렇게 말하는 아렌트는 자신이 말했듯, 지독하게도 오만하기 그지없었다. 하지만 어째선지 거부하거나 반발할 생각은 들지 않았다.

'저자는 영웅도 아니고, 단지 견습 기사일 뿐인데…….'

빅토르는 저도 모르게 렉시온을 보았다.
아렌트가 드래곤이라 칭했던 그자는 모든 것을 견습 기사에게 위임했다는 듯 그저 한 발짝 물러서 있을 뿐이었다.

이제 와서 아렌트가 말장난을 하는 것 같지는 않았다.
분명 렉시온의 정체 역시 거짓이 아닐 것이다.

"……."

한동안 갈등하듯, 빅토르가 침묵했다. 하지만 고민은 길지 않았다.
어차피 아렌트를 믿기로 결심한 그였다. 심지어는 사랑하는 가족이 저질렀을지 모를 죄 역시 저들에게 판별을 부탁하고, 처분까지 맡기려 했으니까.
잠시 후, 빅토르에게서 착 가라앉은 목소리가 흘러나왔다.

"……내가 뭘 하면 되지?"

다시 고개를 든 왕세자는 나름대로 결단을 내린 모습이었다.

"좋아요. 그러면 특별히 왕세자 저하도 끼워 드리겠습니다. 일단 사태 설명 먼저 해 드릴게요."

아렌트가 만족스럽게 슬쩍 입꼬리를 올렸다.

"렉시온 님이 지난 며칠 동안 왕국 전체를 돌면서 알아내신 정보입니다다만……. 듣기 전에 마음의 준비 정도는 하시는 게 좋을걸요."

"어째서지?"

"저하께서 상상하시던 것 이상으로 망했거든요, 지금."

아렌트의 담백한 말에, 빅토르의 시선이 다시 허공을 헤맸다. 그러거나 말거나, 아렌트는 계속해서 설명을 이어 갈 뿐이었다.

"적들이 이쪽으로 습격해 올 겁니다. 호문쿨루스와 구울로 이뤄진 군단에다 민간인들도 좀 섞여 있을 거예요."

"잠깐, 민간인이라고?"

멍하니 듣던 빅토르가 퍼뜩 정신 차렸다.

"넵. 저하께 불만이 한가득 있는 녀석들이 반항한답시고 체르니온 교에 투신했답니다. 그놈들이 호문쿨루스랑 구울들을 이 나라에 끌고 들어왔고요."

"……."

순식간에 낯빛이 새파래진 왕세자에게, 아렌트는 차분히 말을 이어 주었다.

"곳곳에 숨어 있긴 한데, 다행히 생각했던 것만큼 대규모는 아니랍니다. 놈들을 이끄는 우두머리급의 녀석들만 체르니온 교의 세례를 받았지, 나머지 놈들은 딱히 세뇌당한 상태도 아닌 것 같고요."

"……."

"이러니저러니 해도 결국 자발적으로 반란에 나선 놈들이라 괘씸하긴 합니다만."

아렌트가 고개를 삐딱하게 기울였다.

"어쩌시겠습니까?"
"……뭐?"
"제가 말씀드렸잖아요. 선택지를 드리겠다고. 구울이랑 같이 토벌하시겠습니까? 아니면 목숨만은 살려서 갱생시키실래요?"

차가운 목소리에 빅토르가 흠칫했다.

"솔직히, 첫 번째가 빠르고 간편하긴 해요. 반역자의 가족이 된 유족들은 감히 불만을 표하지 못하고, 단호한 판결을 내린 왕실을 향해 고개를 조아릴 테죠."

유난히 선명히 들리는 음성이 조곤조곤 이어졌다.

"저하께서는 왕궁의 가장 안락하고 안전한 곳에서 구경만 하시면 됩니다. 미들턴 공작의 병사들과 왕실 기사단, 그리고 곧 도착할 칼리온 제국의 지원군이 모든 것을 처리할 겁니다."

"……."

"하지만 나라가 피범벅이 될 테고, 검이 두려워 굴복했던 유족들 중 일부는 다시 적으로 돌아서서, 악신의 열렬한 신도가 될 겁니다. 저들에게 원수는 악신이 아니라 당장 칼을 겨눈 우리가 될 테니까요."

마른침을 한 번 삼킨 빅토르가 물었다.

"……두 번째는 뭐지?"

"두 번째 선택지는 더 힘들고, 어쩌면 저하께는 더 혹독한 길일 수도 있습니다. 그리고 저하께서는 앞으로도 오늘의 선택을 영원히 책임지시는 겁니다. 저하께서도 직접 손에 피를 묻히셔야 합니다."

빅토르의 얼굴이 딱딱하게 굳었다.

"하지만 왕국에 피의 강이 흐르는 것만큼은 막을 수 있겠죠. 구울과 호문쿨루스는 칼리온 제국의 영웅이 처리하고, 오합지졸 군대는 죄다 감옥에 처박혀 자신의 선택을 후회할 겁니다. 어쩌면 네펠레 왕국에서 연구 중인 갱생 치료에 실험체로 보낼 수도 있겠네요."

왕세자가 움찔했다.
아렌트는 그의 낯에 어린 두려움을 알아보았다.
평생 고난과 역경이라고는 전혀 겪어 보지 못한 인간이니, 당연한 일이었다.
하지만 아렌트는 자신의 안목을 믿었다.

'고철 덩어리에 하등 쓸모없는 놈이라 구박하긴 했지만……'

그런 빅토르에게도 딱 한 군데 신뢰할 만한 곳이 있었다.

"……아렌트 경은 거짓말을 아주 능숙하게 하는군."

시선을 내리깐 왕세자가 작게 웅얼거렸다.

"애초부터 내가 고를 수 있는 건 딱 하나밖에 없잖아."

손끝이 두려움에 질려 덜덜 떨리고 있었지만, 빅토르는 그것을 숨기려는 듯 꽉 주먹을 말아 쥐었다.

"내가 조금이라도 짊어질 수 있다면, 부탁한다. 그렇게 하게 해 줘. 내 손에 피를 묻히게 되어도 견디겠다. 왕세자로서의 최소한의 몫은 해야 내 면이 설 것 같아."

반쯤 메인 목소리가 볼품없이 흘러나왔다. 하지만 아렌트는 그것을 비웃지 않았다.

"좋습니다."

약자들의 피가 많이 흐른다면, 그것은 필연적으로 비극이 될 수밖에 없다.
누군가가 피눈물을 쏟아낸다면 그 역시 비극이다.
적을 철저히 악으로서 규정하고 토벌한다면 흐른 피마저도 권선징악이라며 포장할 수 있겠지만, 유감스럽게도 그것 역시 여의치 않은 상황이었다.

'한판 승부로 모든 걸 정리할 수 있는 무대가 아니니까, 여긴.'

싸움은 되풀이된다.
약자를 베어 내고 선을 자청하기에 이 이야기의 영웅은 지나치게 정의롭다.
그리고 장차 왕국의 주인이 될 자는 이토록 물러 터졌

으니, 어쩔 수 없었다.
 어쩔 수 없는 피비린내는 배우의 등 뒤로 숨겨 버리고, 보여 주고 싶은 부분에만 조명을 비출 수밖에.

 "저랑 같이 연극 한판 하시죠, 저하."

 빅토르가 멍청히 중얼거렸다.

 "연극?"
 "놈들은 지금 때를 기다리고 있어요. 아직 정체를 밝히지 못한 왕실 내의 흑막까지 포함해서요. 분명 이쪽이 혼란스러운 틈을 타서 선공을 가하려 할 겁니다."

 아렌트가 무덤덤하게 말했다.

 "그 순간이 오면 적들은 구울과 호문쿨루스들을 소환해, 왕궁으로 진격해 올 테죠. 그러니……."

 그러나 빅토르를 향한 시선은 더이상 차갑지 않았다.

 "그놈들이 무대의 막을 올리게 두지 마세요. 저하께서 직접, 그 두 손으로 모든 것을 시작하시는 겁니다."

마치 심장에 새겨 주듯, 아렌트가 한 글자씩 또박또박 덧붙였다.

빅토르 왕세자는 마치 홀린 것처럼 앳된 견습 기사를 멍하니 바라보았다.

아침 햇살이 깃든 황금색 눈동자가 마치 열기를 띤 불꽃처럼 보였다.

* * *

"대장님!"

쾅! 낡아 빠진 헛간의 문이 열리고 한 남자가 들이닥쳤다. 그러자 헛간 한구석에 놓아둔 책상에서 고심에 빠져 있던 여성이 고개를 들었다.

방금 대장이라 불린 자였다.

"왔어? 다른 쪽에도 확인해 봤고?"

"네. 한 시간쯤 전에 똑같은 게 도착했다고 합니다."

"쯧."

여성, 앰버가 짜증스레 혀를 찼다.

그녀의 앞에는 익숙한 문양이 새겨진 편지가 하나 놓여 있었다.

심장을 찌른 세 개의 검과 그 위를 타고 오르는 뱀.

체르니온 신을 가장 가까이에서 모시는 '부서진 심장의 검'의 상징이었다.

로저라는 이름의, 처음 보는 발신인이 보낸 편지에는 심상찮은 지시가 쓰여 있었다.

왕실 내부의 문제 때문에 계획을 바꿔야 하니, 당장 이틀 후까지 지정된 장소로 사람을 모으라는 명령이었다.

"왕실의 문제라니, 도대체……."

엠버가 신음처럼 중얼거리자, 부하인 제이슨이 조심스럽게 끼어들었다.

"왕실에 우리 교단의 조력자가 계시다 들었습니다. 혹시 그분께 변고라도 생기신 건 아닐까요?"

"하지만 그랬다면 왕궁 안에서 소란이 벌어졌을걸."

그런 것치고 아직 시종들로부터는 아무런 소식도 접하지 못했다.

그 점이 엠버를 계속 망설이게 했다.

"고작 3일밖에 남지 않았어. 그때가 되면 왕궁을 뒤엎고 체르니온 님의 세상을 만들 수 있을 텐데……."

엠버가 초조하게 읊조렸다. 딱 3일 후면 준비한 마법이 발동되고, 체르니온의 병사들과 함께 루카인 왕국을 접수할 수 있을 것이다.

그런데 지금 와서 갑자기 변동이라니, 당연히 달가울 리가 없었다.

"제가 노이만 정보상 쪽 연줄로 조금 알아봤는데요……."

잠깐 눈치를 보던 제이슨이 조심스럽게 말했다.

"칼리온 제국 대신전을 뒤집어엎은 전사가 바로 로저

라는 분이라고 합니다."

"뭐?"

"바로 어제 접수된 정보래요. 아무래도 칼리온 제국의 동료들이 우리 쪽 정보상으로 흘린 것 같습니다."

노이만 상단의 정보상이 지닌 정보가 얼마나 정확한지는, 엠버 역시 잘 알고 있었다.

말단이라고는 해도, 지금껏 노이만 상단에 소속된 직원들에게 많은 도움을 받은 것도 사실이었다.

"그렇다면……. 이게 정말 본단에서 보내신 거라고?"

"일단 다른 지부는 그렇게 판단한 것 같습니다."

제이슨이 영 확신이 없는 투로나마 답을 내어 주었다.

라이오스 드 윈프리드의 앞을 가로막았던 자들이 모두 체포되었다는 소식은, 엠버 역시 진즉 전해 들었다.

'칼리온 제국 황실 기사단이 이쪽으로 온다는 건…….'

어떤 식으로든 꼬리가 잡혔다는 건 이미 며칠 전부터 예견한 일이었다. 하지만 곧 기적의 병사들이 깨어날 테니, 크게 문제 될 것은 없다 여긴 그녀였다.

'성검의 영웅이라 할지라도, 아무 피해 없이 그들을 상대하는 건 불가능할 테니까.'

영웅을 처단할 수 있을 거라 생각하지는 않았다. 아주 잠시라도 발목을 잡는 것만으로도 충분했다.

체르니온의 인정을 받은 후계자가 루카인 왕국의 정당한 주인이 되는 순간.

그때까지만이라도 시간을 끈다면, 혁명은 성공할 수 있을 텐데.

"대장……. 동료들을 불러 모을까요?"

제이슨의 물음에 엠버가 고개를 가볍게 내저었다.

"아니. 일단은 왕실에 생긴 문제라는 게 뭔지, 그것부터 알아 봐야겠어."

아직 일말의 의혹이라도 남아 있는 이상, 우선 사태를 파악한 뒤 행동할 필요가 있었다.

대장의 말에 제이슨 역시 반박하지 않았다.

그러나 그들은 오랫동안 고민할 필요가 없었다.

바로 몇 시간 뒤. 낯익은 얼굴의 죄인이 왕실 기사단의 손에 질질 끌려 저잣거리에 나타난 것이다.

"……."

한바탕 소란이 일었다는 소식에, 엠버는 사람들을 헤치고 광장으로 달려갔다.

인파 한가운데에는 익히 알던 얼굴이 허름한 죄수복을 입고 고개를 푹 숙이고 있었다.

왕궁 내부에서 그들과 뜻을 함께하던 시종이었다.

"이 죄인은 감히 악신교와 내통했다는 죄목으로 이 자리에 세워졌다."

밧줄을 잡은 기사가 우렁차게 외쳤다. 그러자 광장을 둘러싼 사람들이 크게 웅성이기 시작했다.

그 목소리를 뚫고, 기사가 장엄하게 선언했다.

"자수하는 자는 극형만은 피하게 하라는 왕세자 저하의 자비로운 명령이 떨어졌다. 오늘 저녁까지 출두하도록. 그렇다면 목숨만은 지키게 해 주겠지만, 끝까지 저항하겠다면 반란에 준하는 죄목으로 엄히 다스리겠다."

인파 사이에 섞인 몇몇 낯익은 동료들의 얼굴이 눈에 보였다.

그들의 낯빛 역시 새파랗게 질린 채였다.

한순간에 구경거리가 된 시종은 고개를 푹 숙인 채 바닥에 눈물만을 뚝뚝 떨굴 뿐이었다.

분명 자신의 결정을 후회하는 얼굴이었다.

"……."

엠버의 등줄기를 타고 차가운 식은땀이 흘렀다.

이런 것으로 벌써 흔들리기 시작한다면, 신자들이 대거 이탈할지도 몰랐다.

"문제라는 게 설마……. 왕궁 안에 있던 사람들이 전부……."

제이슨이 신음처럼 중얼거렸다.

그렇다면 그들이 내세울 정당한 왕국의 후계자가 발각당하는 것도 순식간일 터였다.

잠깐 갈등하던 엠버는 결심을 굳혔다.

"오늘 저녁에 당장 사람들을 모아. 지정된 장소로 이동해야겠어."

"네? 아, 네!"

멍하니 있던 제이슨이 급하게 고개를 끄덕였다.

조금이라도 시간을 지체했다간, 내부 밀고자가 나올지도 몰랐다. 거사가 얼마 남지도 않은 시점에 일을 그르칠 수는 없었다.

* * *

한편, 루카인 왕궁의 지하 감옥.

빅토르 왕세자는 의자를 가져다 두고 죄인들을 마주하고 있었다.

당장이라도 토할 것 같은 낯빛이었지만, 그는 꿋꿋이 버텼다.

"자리를 피하셔도 괜찮습니다, 저하."

곁을 지키던 미들턴 공작이 조용히 권했다.

"아닙니다. 괜찮습니다."

하지만 빅토르는 고집스럽게 고개를 내저었다.

그들의 앞에는 은밀히 체포된 악신교의 첩자들이 포박당한 채 무릎 꿇고 있었다.

그리고 르웰린의 지시하에, 미들턴 공작의 수하들이 죄인들을 다시 두 종류로 분류하고 있었다.

렉시온이 다시 합류한 뒤, 그들은 단 몇 시간 만에 왕궁에 숨은 잔당들을 찾아냈다.

방법은 간단했다.

악신교의 끄나풀 한 명을 잡아다가 무릎 꿇린 다음, 렉시온이 그 앞에서 조용히 살기를 흘린 것이다.

마력도 다루지 못하는 인간이, 드래곤의 존재감을 버텨 내기란 결코 쉽지 않았다.

결국 가장 처음 잡혀 온 시종은 실금까지 하며 제가 아는 동료들의 이름을 모두 고했다.

그것을 몇 번 반복한 결과, 그들은 마흔 명에 가까운 이들을 잡아들일 수 있었다.

시종과 마부, 주방의 요리사, 서재 관리인……. 종류도 각양각색이었다.

'이렇게나 많은 자들이…….'

자꾸 정신이 아득해지려 했지만, 빅토르는 가까스로 참아냈다. 그러고는 죄인들 사이를 거니는 아렌트의 등을 가만히 지켜보기만 했다.

그는 다시 어린 시종 '렌'의 모습으로 돌아가 있었다.

"대충 이 정도면 됐습니다."

작업을 마친 아렌트가 몸을 돌렸다.

"이쪽은 그나마 갱생 가능한 새끼들. 그리고 저쪽은 아무래도 고집을 꺾을 생각이 없어 보이네요."

아렌트가 한쪽에 모인 첩자들을 고갯짓으로 가리켰다.

그러자 모멸감을 이기지 못한 시종이 버럭버럭 악을 쓰기 시작했다.

"신께서 결코 이 일을 좌시하지 않을 것이오! 체르니온 님의 천벌이 왕궁에 쏟아질 것이다!"

그게 신호라도 된 듯, 이곳저곳에서 악에 받친 고함소리가 터져 나왔다.

"자비로운 어둠께서 우리와 함께하십니다. 저하께서도 얼른 눈을 뜨셔야 합니다!"

"저런 놈들 말에 귀를 기울이지 마십시오! 이제는 세상이 바뀔 때란 말입니다!"

어두운 지하에 광기 어린 목소리가 울려 퍼졌다. 빅토르의 낯빛이 더욱 새파랗게 질렸지만, 아렌트는 꿈쩍도 하지 않았다.

"보셨죠? 이미 맛이 갔어요. 성녀에게 세례도 받지 않았는데 이 상태라면, 마음을 쉽게 돌리지는 않을 겁니다."

"……그렇군."

빅토르가 뻣뻣하게 굳은 고개를 애써 끄덕였다. 그리고는 미들턴 공작에게 눈짓했다.

"알겠습니다."

지시를 받은 미들턴 공작은 자신의 수하들을 향해 손을 들어 보였다. 그러자 기사들이 검을 빼 들었다.

그 뒤 장면은, 빅토르는 차마 보지 못했다.

"아아아악!"

"이 빌어먹…… 크악!"

푹, 푸욱.

눈을 질끈 감았지만, 참상이 고스란히 보이는 것 같았다.

비명 소리와 검이 살을 베는 소리, 악신을 향한 기도, 그리고 피비린내가 뒤섞였다.

그리고 딱 10분 뒤. 르웰린이 입을 열었다.

"끝났습니다, 형님."

"……."

그제야 빅토르는 간신히 고개를 들었다.

아렌트가 구제 못 할 놈들이라 분류한 이들은 어느새 싸늘한 시체가 되어 차가운 바닥에 쓰러져 있었다.

바닥에 깔린 돌은 피범벅이 되어 있었고, 기사들의 검 역시 붉게 물들어 있었다.

생전 처음 맡아 보는 혈향이 코를 찔렀다.

그리고 참혹한 처형을 눈앞에서 목도한 죄인들은 겁에 질려 작은 신음 소리조차 내지 못했다.

"봤나?"

아렌트는 남은 죄인들을 향해 고개를 돌렸다.

죄인들은 아까 드래곤을 마주했을 때보다도 더욱 심하게 몸을 떨기 시작했다. 개중에는 심지어 흐느끼기 시작한 이들도 있었다.

"너희들이 여기 처박힌 지금, 왕궁 밖은 어떤 꼴이게?"

그들의 앞에 우뚝 멈춰 선 아렌트가 무심히 말했다.

"평화롭기 그지없어. 네놈들이 없어졌다는 사실도 모를걸."

"……."

"너희들은 죄인이라도 된 걸 기쁘게 생각해. 저놈들은 아예 존재했던 흔적조차 없어질 테니까."

아렌트의 말이 거짓이 아님을, 죄인들 역시 잘 알고 있었다.

마치 납치당하다시피 이곳에 끌려왔으니, 함께 일하는 동료들마저도 그들이 사라졌단 사실을 아직 눈치채지 못했을 것이다.

그리고 지금, 그들 중 절반은 벌레보다도 못한 방식으로 목숨을 잃었다.

마치 이 세상에 존재할 가치도 없다는 것처럼.

"악신교에 투신해 도주했다……. 이 정도로 해 두면 되겠지. 저놈들 혈육들도 생각이 있다면 굳이 찾으려 하지는 않을 테고."

자욱한 혈향 위에 차가운 음성이 더해졌다.

"아무리 기도해 봤자 신은 구해 주지 않아."

스산한 음성이 피비린내가 가득한 감옥에 울려 퍼졌다.

"너희들이 목숨을 구하게 된 건 루체 신 덕분도 아니고, 체르니온 신 때문도 아니다."

아렌트는 바닥에 고인 피 웅덩이를 밟고 죄인들에게 다

가갔다.

"저 바보 같은 왕세자 저하께서 자비를 베풀어 주신 덕이지."

영웅 서사에 필요 이상의 피비린내는 필요 없다.

하지만 이곳이 무대가 아닌 현실인 이상, 뒤탈을 막기 위해서라도 누구 한 사람은 잔혹해질 필요가 있었다.

그렇다면 굳이 외부로 보여 주지 않는 것도 한 방법이었다.

"……."

아렌트는 우뚝 걸음을 멈춰 살아남은 이들 앞에 섰다.

앳된 모습의 시종에게서 이 상황과는 지독히도 어울리지 않는 평안한 어조가 흘러나왔다.

"자, 혹시 더 이야기 하고 싶은 거 있는 사람? 너희들이 왕으로 추대하고 싶었던 사람은 누구지?"

하지만 그 이질감에 더욱 생존자들은 공포에 질릴 수밖에 없었다.

고작 르웰린 왕자가 데려왔다는 시종에 불과했지만, 이곳의 주도권을 쥔 사람이 그라는 것을 본능적으로 깨달은 것이다.

"모른다면, 너희들의 윗대가리가 누군지라도 말해. 네놈들 중 한 명은 알고 있을 것 아냐."

생존자들은 저마다 눈치를 보기 시작했다. 그러나 고민은 얼마 가지 않았다.

그들 중 가장 나이가 많은 시종이 입을 연 것이다.
"제, 제가 알고 있습니다······."
덜덜 떨리는 목소리가 흘러나왔다. 아렌트가 끄덕였다.
"말해."
"······후계로 정해진 분이 누구인지는 저도 모릅니다. 하, 하지만."
마른침을 한번 꿀꺽 삼킨 시종이 가까스로 말을 이었다.
"저희에게 지령을 내려 주신 건 보좌관님이셨습니다. 보좌관님이 휴가로 자리를 비우신 뒤에는 시종장님이 그 뒤를 이으셨고요."
가만히 지켜보던 빅토르가 입술을 달싹였다.
"이럴 수가······."
"아무래도 전하께서는 인복이 없으셨나 봅니다, 저하."
그러나 아렌트는 감정이라곤 하나도 느껴지지 않는 어조로 툭 내뱉을 뿐이었다.
"아니면 덕이 없으셨거나."
"······."
참혹한 상황에, 빅토르는 아무런 말도 하지 못했다.
결국 보다 못한 르웰린이 아렌트에게 한마디 하려 나섰다.
"야, 그건 좀······."

"뭐 해요?"

하지만 아렌트는 못 들은 척하고 고개를 돌려 미들턴 공작을 보았다.

"시종장이랑 보좌관이라잖아요. 두 놈 다 잡아 와요."

"……."

명령조였지만, 왕국의 치부가 모두 까발려진 상황에서 차마 그것을 지적할 수도 없었다.

미들턴 공작은 묵묵히 고개를 끄덕일 뿐이었다.

"알겠네."

* * *

"작전 전달은 다 됐습니까?"

아렌트가 빅토르에게 물었다. 빅토르가 창백하게 질린 얼굴로 대답했다.

"아까 에드거 단장에게 보고가 왔다. 인원 분산은 완료했고, 오늘 밤 출발할 계획이라더군."

"좋아요. 그건 그쪽에 맡기죠."

아렌트가 담백하게 고개를 끄덕였다.

그를 응시하는 빅토르의 눈에 설핏 두려움이 깃들었다.

주도권을 넘긴 뒤, 무서울 정도로 일이 일사천리로 진행되고 있었다.

아렌트가 덤덤하게 말했다.

"일단 지정된 장소까지 온 녀석들은 적당히 두들겨 팬 뒤에 가둬 놓으라고 해요. 심문은 나중에 따로 하고. 소환진 근처에 남은 놈들한테는 따로 투항을 권해 보고, 혹시라도 저항하면 바로 정리해 버려요."

정리하라는 말은 곧 죽여 없애라는 뜻이었다.

아렌트가 입 밖으로 꺼낸 모든 명령은 빅토르의 이름으로 기사들에게 하달될 것이다.

"……."

빅토르는 이제야 아렌트가 자신에게 선택지를 넘겨 준 진정한 이유를 알 것 같았다.

그에게는 왕세자의 발언권이 필요했던 거였다.

아렌트가 이 모든 것을 연극이라 빗댄 까닭 역시 이해했다.

지금 빅토르는 아렌트가 만든 시나리오를 수행하는 배우에 지나지 않았으니까.

"알았어. 그렇게 전하지."

빅토르가 묵묵히 고개를 끄덕였다. 그것을 확인한 아렌트가 다시 고개를 돌려 미들턴 공작을 보았다.

"시종장은요?"

"확보했다. 그리고 보좌관은 이미 자택에 없더군."

미들턴 공작이 답을 내어 주었다.

그가 르웰린의 시종이 아닌 칼리온 제국의 유명한 견습

기사라는 것을 알게 된 뒤부터 군말 없이 지시를 따르고 있었다.

왕국 내부의 일을 자신의 손으로 해결하지 못한 주제에, 자존심을 세우는 건 꼴사나운 짓이라 판단한 듯했다.

그 자괴감이야 얼마나 극심하겠느냐만, 거기까지 아렌트가 상관할 바는 아니었다.

"휴가를 받고 나간 순간 본단 쪽에 합류했겠네요."

"면목 없군. 내 실수다. 쉽게 왕궁 밖으로 내보내서는 안 됐는데."

미들턴 공작이 짧게 사과했다. 하지만 아렌트는 그를 일별할 뿐, 아무런 대답도 하지 않았다.

잠시 후.

공작의 병사들이 시종장을 질질 끌고 지하 감옥으로 들어왔다.

피바람이 불어닥친 지 딱 1시간 만의 일이었다.

우당탕! 포박당한 시종장이 피 웅덩이 위에 무릎 꿇려졌다.

"이게 도대체 무슨……."

여전히 사태 파악을 못 해 주위를 둘러보던 그는 한쪽에 쌓인 시신들과 포박당한 채 무릎 꿇은 다른 이들, 그리고 마지막으로 제 앞에 조용히 앉은 왕세자를 보고는 뻣뻣하게 굳어 버렸다.

그와 시선을 마주친 빅토르가 입을 열었다.

"난 그대를 믿었는데, 오티스."

착 가라앉은 음성에 채 숨기지 못한 비통함이 묻어났다. 시종장, 오티스가 신음을 흘렸다.

"저하……."

"하고 싶은 말이 있다면 지금 해. 속죄도 좋고, 밀고도 좋아. 순순히 저항을 포기한다면 목숨만은 살려 주겠어."

지금까지 아렌트가 반복했던 말을, 이번에는 빅토르가 먼저 꺼냈다.

오티스는 입술을 꾹 깨물었다.

"……무슨 말씀을 하시는지 잘 모르겠습니다, 저하."

"모르겠다고?"

"저하께서 어떤 오해를 하셨는지, 이 늙은이는 잘 모르겠습니다."

나이 든 시종장이 고개를 들고 빅토르를 똑바로 바라보았다.

"언제나 해야 할 일을 해 왔을 뿐입니다. 저는 루카인 왕실의 충실한 종이고, 언제나 왕국을 위해 일했습니다. 이 늙은이는 잘못한 게 없습니다. 감히 저하 앞에서 맹세합니다."

"……."

빅토르는 할 말을 잃어버리고 말았다. 피범벅이 된 지하 감옥에서 동지들의 시신을 눈앞에 두고서도 눈 하나 깜빡하지 않는 뻔뻔함에 기가 막힌 탓이었다.

"너희들이 말해 봐."

그때, 르웰린이 가라앉은 음성으로 입을 열었다. 그의 시선이 한쪽에 모여 앉은 생존자들에게 닿아 있었다.

"저 사람, 진짜 아무 짓도 안 했어?"

"……을 시종장님께서 지시하셨습니다."

그때, 무릎 꿇고 있던 어린 시종이 웅얼거렸다. 르웰린이 차갑게 말했다.

"똑바로 말해."

"시종장님께서……. 전하께서 사용하시는 베갯잇을 바꾸라고……. 지시하셨습니다."

그제야 어린 시종이 조금 더 또렷한 목소리로 답을 내어 주었다.

"그걸 사용하면 전하께서 생각을 바꾸시는 데 도움이 되실 거라 하셨습니다."

앳된 목소리에 시종장이 침음을 흘리며 눈을 꾹 감았다. 빅토르의 미간이 구겨졌다.

"전하께서 지금 어찌 되셨는지, 너는 아느냐?"

"……아니요, 잘. 그. 좀 편찮으시다는 말씀은 전해 들었습니다. 저는 그냥, 호기심에……. 그리고 돈을 주신다고 해서 동참했을 뿐입니다. 정말 송구합니다."

시종이 다시 고개를 푹 숙였다. 빅토르는 피가 차갑게 식는 것을 느꼈다.

하지만 차마 왕세자가 그것을 통감할 새도 없이, 다른

증언이 이어졌다.

"다른 시종들에게 전갈을 전달하라고……. 제게는 그런 명을 내리셨습니다. 제가 청소 담당이라, 쪽지를 전달하는 일을 맡았습니다. 무슨 내용인지는 모릅니다."

"쪽지를 전달받은 자들은?"

이번에는 아렌트가 물었다. 그러자 방금 입을 연 시종이 두려움에 찬 고개를 들어 반대쪽에 쌓인 시신 더미를 보았다.

모두 다 죽었다는 뜻이었다.

"그렇다는데, 오티스 시종장."

"……."

아렌트의 차가운 목소리에 시종장이 다시 눈을 떴다. 아렌트는 오티스의 앞에 버티고 섰다.

"여전히 죄가 없다고 주장하고 싶나?"

"……자네는 누구지?"

잠시 아렌트를 물끄러미 보던 시종장이 운을 뗐다.

"르웰린 왕자와 동행한 시종이라 전해 들었다만. 아무래도 사실이 아닌 듯하군."

차가운 눈으로 그를 마주 보며, 아렌트가 담백하게 답을 내어 주었다.

"아렌트 폰 에크하르트."

"허, 역시나."

그러자 시종장이 헛웃음을 터뜨렸다.

"설마 그 저주받을 이름을 이곳에서 듣게 될 줄은 몰랐군요."

"그쪽 윗대가리한테 소문을 들은 모양이지."

아렌트가 고개를 삐딱하게 기울였다.

"직접 대면한 소감이 어때? 이런 모습이라 좀 아쉽긴 하군. 원판은 더 잘생겼거든."

"……."

잠시 후, 오티스가 다시 입을 열었다.

"별로 할 말은 떠오르지 않습니다. 하지만 딱 하나."

체념이 깃들었던 시종장의 눈동자에 점차 증오가 차오르기 시작했다.

"아렌트 경의 여생에 체르니온 님의 저주가 함께하길 기도하겠습니다."

말을 마친 순간, 시종장이 자신의 혀를 세게 깨물었다. 아니, 깨물려 했다.

하지만 아렌트가 더 빨랐다.

빠아악!

말이 끝나는 순간, 아렌트가 그의 명치를 걷어찬 거였다.

자결하려는 시도도 무산으로 돌아가고, 시종장은 비명도 지르지 못한 채 그대로 쓰러졌다.

"아쉽게 됐네. 굳이 기도할 필요도 없어."

이미 현재진행형이니까.

그러나 안타깝게도 대답을 들을 사람은 이미 기절한 뒤였다. 아렌트는 미련 없이 기절한 시종장에게서 등을 돌렸다.

"이 사람은 잠깐 빌려 가겠습니다. 그리고 저 사람들은……."

"왕궁 외부 감옥으로 옮겨 두란 말이지. 잘 알고 있네."

공작이 대답하자, 아렌트는 다시 빅토르와 르웰린을 보았다.

"저하. 이제 이쪽에서 볼일은 다 끝났습니다. 이동하시죠."

이제 시작에 불과했다.

빅토르는 마음을 굳게 먹고 자리에서 일어났다.

새삼 끼쳐 오는 진한 피비린내 때문에 한순간 휘청거릴 뻔했지만, 곁에서 기다리던 르웰린이 눈치 빠르게 붙잡아 주었다.

"저하. 사람들을 회의실로 불러 모으시죠. 아까 말했던 것처럼 최대한 많이 호출하세요. 지금 왕궁 내부에 있는 귀족들은 전부 다 불러내셔야 합니다."

그러나 아렌트는 가차 없었다.

"들어가시기 전에 피비린내는 없애고 가시는 게 좋겠습니다. 옷도 갈아입으시고요. 르웰린, 너도."

"어, 어어. 알겠어."

르웰린이 얼른 고개를 끄덕였다. 자신의 옷차림을 돌아본 아렌트가 쯧 혀를 찼다.

"나도 갈아입어야겠네. 피가 튀었잖아. 아 참, 저하. 왕비 전하, 귀비님, 왕자님과 왕녀님은 반드시 계셔야 합니다. 무슨 수를 써서라도 끌어다 앉혀 두세요."

"……."

"아시겠습니까?"

빅토르가 머뭇대자, 아렌트가 다시 한번 물었다. 그제야 빅토르가 굳은 얼굴로 대답했다.

"그렇게 하지."

"좋아요. 그럼 지금 당장 움직이죠."

"으응."

그대로 빅토르를 부축해 감옥 밖으로 벗어나려던 르웰린은, 채 몇 걸음 가기도 전 아렌트를 힐끗 곁눈질했다.

원래 잘 웃는 녀석이라곤 죽었다 깨나도 말하지 못할 터였다.

그렇다고 해서 딱딱한 녀석이라고 말할 수도 없는 게 아렌트였다.

하지만…….

'장난기가 쏙 빠지니까 좀 무서운데.'

어쩐지 섬뜩해지는 기분에, 르웰린은 괜히 제 목덜미를 한 번 쓸어내렸다.

앞으로 이틀 뒤.

그때면 루카인 왕국의 명운도 결정될 것이다.

* * *

"오랜만에 뵙습니다, 렉시온 님."

주둔지에 불쑥 나타난 렉시온을 향해, 자카르가 고개를 숙였다.

렉시온은 혼자가 아니었다. 그의 곁에는 영문을 모르겠다는 표정의 셰키나와 라그날드, 그리고 세일럼이 함께였다.

"사람을 무슨 편리한 이동수단처럼 써먹는군."

텔레포트의 여파로 남은 마력을 흩어버리며, 렉시온이 투덜거렸다. 세일럼이 자카르를 향해 얼른 고개를 숙였다.

"무탈하셔서 다행입니다."

"그나저나 갑자기 저희까지 불러내실 줄은 몰랐습니다."

뒤이어 셰키나가 입을 열자, 자카르가 답을 내어 주었다.

"그만큼 사태가 심각하다는 의미겠지요."

"루카인 왕국의 병력은 영 못 써먹을 테니까."

렉시온이 못마땅한 얼굴로 쯧 혀를 찼다.

"그나저나 이런 꼬맹이가 무슨 도움이 된다고 여기까지 데리고 오라는 건지, 원."

그가 지칭하는 건 물론 세일럼이었다. 세일럼이 부끄럽다는 듯 고개를 숙였다.

"최, 최선을 다하겠습니다."

"이미 생각해 두신 바가 있는 게 아닙니까?"

자카르의 물음에 렉시온이 언짢게 대꾸했다.

"나는 아니고, 애송이 녀석은 그렇지."

"그, 아렌트 경께서는 무사하십니까?"

세일럼이 조심스럽게 물었다. 그러자 렉시온이 건성으로 고개를 끄덕여 주었다.

"심사가 단단히 뒤틀린 것 같긴 하다만, 아직은. 라이오스 단장은?"

"지금 오고 계십니다."

자카르의 말이 끝나기가 무섭게, 한창 주둔지를 마련 중인 기사들 틈에서 라이오스가 그들을 향해 걸어왔다.

"렉시온 님. 그리고 다른 분들도 오셨습니까?"

"다 모였으니 본론만 말하지. 대충 상황은 전해 들었을 테고."

렉시온의 말에 지휘관들이 얼른 고개를 끄덕였다.

"2, 3일 안에 소환마법이 발동될 거다. 아마 각 호문쿨루스 한 체, 그리고 구울 군단이 소환될 거야. 다섯 곳 중 세 곳은 너희가 알아서 맡아라. 두 곳은 내가 알아서 할 테니."

"알겠습니다. 저와 자카르 님이 한 곳씩, 그리고 셰키나 님과 라그날드 님이 한 곳을 맡겠습니다."

라이오스가 대답하자 렉시온이 말을 이었다.

"오늘 밤, 소환진을 지키던 놈들이 도시를 벗어난다.

남은 잔당은 루카인 왕국의 기사단이 처리하고, 도시 사람들을 대피시킬 거다. 그러니 소환이 시작될 때까지 너희는 근처에 얼씬도 하지 마. 마력을 지닌 자가 다가가면 폭발하게 되어 있으니까."

"알겠습니다."

라이오스가 굳은 얼굴로 고개를 끄덕였다.

"애송이는 왕궁 내부에서 왕세자를 보호하겠다더군. 지금은 왕궁을 청소 중이다만……. 아무래도 단시간에 일망타진은 불가능하지."

소환이 시작되면 분명 숨죽이고 있던 반동분자들이 날뛰기 시작할 터였다.

렉시온은 다음으로 세일럼에게 시선을 옮겼다.

"그리고 주술사 꼬마, 넌 나랑 같이 가자. 안개숲 교관, 네놈의 궁수 몇도 빌려 가지."

"네, 네! 알겠습니다."

"원하시는 대로 데려가십시오."

세일럼이 얼른 고개를 끄덕이고, 자카르 역시 지체 없이 답을 내어 주었다.

그때, 라이오스가 입을 열었다.

"렉시온 님. 혹시 괜찮으시다면 부탁 좀 드려도 괜찮겠습니까."

"말해."

"우선……. 아서를 원래 모습으로 돌려놓아 주시면 감

사드리겠습니다. 피해가 다소 막심해서……."

순간 렉시온의 얼굴이 떨떠름해졌다.

"……그럴 만도 하지. 떠나기 전에 마법을 해제해야겠군."

싸움을 앞두고 기사단의 사기가 떨어지는 것도 곤란한 일이었다.

"그리고 한 가지 더 부탁드릴 것이 있습니다."

"뭐지?"

렉시온의 물음에 라이오스가 한 마디를 더 덧붙였다.

그리고 잠시 후. 가만히 듣던 렉시온이 선뜻 고개를 끄덕였다.

"그러지. 좀 귀찮긴 하지만."

그제야 라이오스의 무뚝뚝한 입가에 흐린 미소가 그려졌다.

"감사합니다."

* * *

몇 시간 뒤. 루카인 왕궁이 술렁이기 시작했다.

평소에는 좀처럼 존재감을 드러내는 법 없던 왕세자가 갑자기 소집 명령을 내린 탓이었다.

"갑자기 어쩐 일이시지?"

"전하의 건강 상태에 문제가 생겼다 전해 들었네만…….

혹시 그 때문인가?"

대회의실에 모여든 이들은 저마다 자리를 잡은 뒤로도 호기심을 숨기지 못하고 웅성댔다.

왕궁 내부에 있던 모든 귀족들이 다 소집된 것인지, 가장 넓은 회의실은 순식간에 사람들로 가득 찼다.

귀족들은 다소 초조한 마음으로 국왕과 왕세자가 나타나기를 기다렸다.

하지만 그들은 한 번 더 놀랄 수밖에 없었다.

왕비와 귀비, 그리고 루이스 왕자와 리에타 왕녀가 모습을 드러낸 것이다.

"……."

예상치 못한 이들의 등장에 그들은 웅성이는 것조차 잊어버리고 말았다.

왕비와 비올레타 귀비, 그리고 왕자와 왕녀 역시 어리둥절한 얼굴이었다. 그들 역시 왕세자의 용건을 전달받지 못한 듯했다.

"도대체 이게 무슨……."

나이 든 귀족이 신음처럼 중얼거렸다. 하지만 그 말에

대답을 내어 줄 수 있는 사람은 아무도 없었다.
 잠시 후.
 드디어 왕세자가 회의실에 들어섰다. 그의 한 걸음 뒤에는 며칠 전부터 왕국에 머무는 르웰린 왕자 역시 함께였다.
 자리에 앉아 있던 귀족들이 모두 자리에서 일어났다.

"다들 착석해도 좋다."

 그렇게 말한 왕세자가 가장 상석에 앉았다.
 르웰린 왕자는 회의실 안까지는 들어오지 않고, 마치 호위라도 하듯 문 앞을 지키고 서 있었다.
 모든 상황이 이해가 되지 않았지만, 귀족들은 일단 자리에 앉았다.
 사위가 조용해지자 빅토르가 다시 입을 열었다.

"……아주 중요한 사안 때문에, 이리 급히 모여 주길 청했다."

 목소리가 다소 떨리고 있었다.
 왕세자의 안색 역시 평소보다 창백했다. 결국 보다 못한 젊은 귀족이 조심스레 물었다.

"송구합니다만, 저하. 낯빛이 어두우십니다. 혹여 안 좋으신 곳이라도 있으신지 염려됩니다."
"괜찮아."

하지만 빅토르는 딱 잘라 말할 뿐이었다. 그조차도 평소의 왕세자답지 않아, 귀족들은 긴장할 수밖에 없었다.

"거두절미하고 말하지."

마른침을 한 번 삼킨 빅토르가 입을 열었다.

"국왕 전하의 안위에 해악을 끼친 자가 왕궁 내부에 있다."

회의실에 들어서기 전, 아렌트가 몇 가지 당부한 것이 있었다.
첫 번째, 모든 것은 빅토르 자신의 공으로 돌릴 것.
그러기 위해서는 이 회의실, 이 무대에서는 자신이 주인공이어야만 했다.

"간악한 악적 놈들이 감히 전하께 해악을 끼치고, 루카인 왕국을 전복하려 했다. 나는 그들을 결코 용서치 않을 생각이다."

회의실 내에 스산한 공기가 감돌았다.
갑작스러운 발언에 모두가 경악한 것이다.

"……잠깐만 기다려 주십시오, 저하! 이 왕궁에 반역자가 있다는 말씀이십니까?"
"전하께서 해악을 입으셨다는 게 도대체……. 전하께서는 무사하십니까?"

얼마 지나지 않아, 사방에서 아연실색한 목소리들이 터져 나왔다. 빅토르는 손을 들어 그들을 조용히 시켰다.

"왕자. 그자를 끌고 오라 하세요. 그리고 숙부께 전하를 이곳으로 모셔 오라고 전달 부탁드립니다."
"알겠습니다, 저하."

문 앞에서 기다리던 르웰린이 정중히 고개를 숙였다.
잠시 후, 다시 문이 열리고 사지가 꽁꽁 포박된 채 재갈까지 문 오티스가 끌려 들어왔다.
그의 얼굴을 본 귀족들의 낯이 다시금 창백하게 질렸다.

"시종장?"
"설마 오티스 시종장이 전하를?"

이곳저곳에서 웅성대는 목소리가 터져 나왔다. 기사들의 손에 질질 끌려 들어온 오티스는 회의실의 한가운데에 무릎 꿇려졌다.

"이 자는 악신교의 사주를 받아 전하께 해악을 끼치는데 일조했다. 시종장 오티스만이 아니다. 이 자와 함께 움직이던 이들도 체포해 자백을 받아냈다."
"……."

웅성대던 귀족들이 한순간에 조용해졌다. 악신교라는 말에 차마 할 말을 잃어버린 것이다.
오티스가 거친 숨을 몰아쉬며 왕세자를 똑바로 노려보았다.
빅토르는 저도 모르게 팔걸이 끝을 꽉 쥐었다.
손이 덜덜 떨렸다.
어릴 적부터 믿고 따랐던 오티스의 배신이, 그리고 자신이 사랑하는 가족 중 흑막이 있다는 현실이 두려웠다.
속이 뒤집히고 금방이라도 토악질이 튀어나올 것 같았다.
그러나 빅토르는 아렌트의 두 번째 당부를 떠올렸다.

'두려울수록 무덤덤하게 굴라 했지.'

그가 부여받은 배역은 유약한 왕세자 따위가 아니라, 아버지의 원수를 갚기 위해 나선 왕국의 진정한 후계였다.
한번 심호흡을 뱉은 빅토르가 다시 입을 열었다.

"그러나 아직 제대로 된 배후는 밝혀내지 못했다. 그리고 전하께서는 이미 국정을 돌볼 만한 상태가 아니시지."
"……형님, 그게 무슨 말씀이십니까?"

멍하니 있던 루이스가 급하게 물었다.

"옥체가 심하게 상하신 겁니까?"
"직접 뵈면 알겠지. 르웰린 왕자, 숙부는 오셨습니까?"

딱딱하게 대답한 빅토르가 르웰린을 보았다.

"네. 드시라 할까요?"
"부탁드립니다."

르웰린이 고개를 끄덕이고는 직접 문을 열었다.
그리고 미들턴 공작이 국왕을 부축한 채 천천히 회의실 안으로 들어섰다.
빅토르는 그만 눈을 질끈 감아 버렸다.
여기저기에서 숨을 삼키는 소리가 들려왔다. 바야흐

로, 문이 다시 닫힌 뒤 회의실이 쥐 죽은 듯 고요해졌다.

"……."

차라리 그냥 살해당하는 게 나았을 꼴이었다. 미들턴 공작이 의관을 갖춰 주었지만, 그조차도 무의미해 보일 지경이었다.
풍채 좋던 국왕은 완전히 비쩍 말라붙은 시신이 되어 있었다.
아무렇게나 뻗은 손은 금방이라도 끊어질 것처럼 덜컥 댔고, 흘러내린 살갗 아래로는 말라붙은 혈관과 뼈가 고스란히 보였다.
걸어 다니는 시체도 지금의 국왕보다는 평안한 꼴일 듯했다.

"……우욱."

누군가가 헛구역질을 했지만, 탓하는 사람은 아무도 없었다.
이지를 잃어버린 국왕은 텅 빈 눈으로 허공만을 응시할 뿐이었다. 쩍 벌어진 입 사이로는 이제 타액조차 흘러내리지 않았다.

"……보다시피, 이런 모습이 되셨다. 악신교의 술법에 당하셨고, 회복하실 가능성은 전무하다더군. 더 이상 국무를 보시는 것 역시 불가능하시기에."

국왕의 비참한 모습에 목이 메었지만, 빅토르는 억지로 목소리를 쥐어짜 냈다.
빅토르 왕세자의 말에 그 누구도 반박할 수 없었다. 누가 봐도 국왕이 원래 모습으로 돌아가기란 불가능해 보였으니까.
한 번 입술을 꾹 깨문 빅토르가 다시 입을 열었다.

"지금 이 자리에서, 루카인 왕국의 정당한 후계자인 내가 전하의 뜻을 이어받을 것을 선언한다."

보다 뚜렷한 음성이 정적만 흐르는 회의실을 가득 채웠다.

"딱 하루의 말미를 주지. 아직 왕궁 내부에는 악신교의 끄나풀이 남아 있다. 스스로 출두한다면 스스로의 목숨만으로 죄를 씻을 수 있게 선처하겠으나……."

천천히 눈을 감았다 뜬 빅토르가 싸늘하게 선언했다.

"이후에 발각된다면 3대를 멸할 것이다. 이 자리에 없는 이들에게도 그리 전하도록."

"……."

차마 한쪽에 앉은 가족들 쪽을 볼 수 없어, 빅토르는 그저 비참한 꼴이 된 국왕을 바라보았다.

"어, 어어……. 으……."

국왕의 말라비틀어진 목에서 뭐라 형언할 수 없는 소리가 흘러나왔다.
단지 그뿐.
회의실에는 여전히 침묵이 감돌았다.

* * *

"시장통이 따로 없네."

창가에 선 아렌트가 툭 내뱉었다.
이미 꽤 늦은 밤이었다.
성문 쪽에서 왕궁을 급히 빠져나가는 행렬이 보였다.
영지로 돌아가려는 귀족 일행과 급히 휴가를 낸 관리들, 그리고 사용인들이었다.

뒤에서 물끄러미 아렌트를 지켜보던 르웰린이 한 마디를 얹었다.

"눈치가 있으면 당연히 도망치려고 하겠지. 피바람이 불어닥칠 게 뻔한데."
"고철 왕세자 저하께서 제법 잘해 주신 모양이지?"

아렌트는 창밖에서 눈을 떼고 몸을 돌렸다. 르웰린이 입을 비죽였다.

"어련하겠냐? 네가 그렇게나 협박하고 을러댔잖아."
"내가 이 개고생을 해 주는데, 당연히 잘하셔야지."

어깨를 으쓱이는 아렌트는 평소와 썩 다를 바 없어 보였다. 그제야 르웰린은 약간 긴장을 풀 수 있었다.

"너는 정말……. 알 수 없는 놈이야."
"뜬금없이 무슨 소리야. 난 항상 잘났어."
"그거 말고, 새끼야."

눈을 홉뜨고 아렌트를 노려보던 르웰린이 짧게 한숨을 내쉬었다.

"그나저나 넌 언제까지 그 모습으로 있을 거야?"
"될 수 있는 데까지. 아직 내가 나설 때가 아니니까."

담백한 대꾸에 르웰린이 애매하게 고개를 끄덕였다.

"뭐어……. 굳이 형님을 내세운 걸 보니, 이유는 대충 알겠는데."

적어도 체르니온 교단이 얽힌 일에서는, 일국의 왕세자보다 아렌트가 더 주목받을 수밖에 없었다.
그렇다면 자칫 루카인 왕국 내부 아군들 사이에서도 혼란이 생길지 몰랐다.

'어차피 라이오스 단장이 근처에 와 있다는 건 알려졌겠지만…….'

왕궁 내에 아렌트가 있다는 게 알려진다면 적들 역시 신경을 곤두세울 터였다.
아렌트가 다시 창밖으로 시선을 돌렸다.

"역시, 전하께서는 영 인복이 없으셨나 봐. 국왕이 그 꼴이 되셨다는데, 복수는커녕 도망치는 행렬이 끝도 없네."

"저렇게 될 거라고 예상했던 거잖아. 뭘 새삼."

르웰린이 투덜거렸다.

사람들을 하나라도 더 살리기 위한 수였지만, 그럼에도 그 행렬을 보는 마음이 썩 개운치는 않았다.

마음 좋은 왕세자는 새삼 마주한 현실에 상처받은 듯했지만, 그래도 도망치는 이들을 탓하지는 않았다.

단지 지금도 저 광경을 보며 쓰린 속을 삼키고 있겠지.

저들이 모두 빠져나간 뒤에는 한바탕 걸러낸 시종들과 사용인들 역시 내보낼 예정이었다.

악신교의 잔당이 섞여서 빠져나갈지도 모른다며 미들턴 공작이 반대했지만, 아렌트는 그것을 일축해 버렸다.

"빠져나가면 어때요. 곧 무기를 들고 다시 이쪽을 향해 진격해 올 텐데. 그럼 그때 죽이면 됩니다. 그냥 겁먹고 도망칠 놈이었다면 굳이 쫓아가서 죽일 필요는 없죠. 놈이 체르니온에게 바친 신의가 고작 그 정도라는 걸 테니까."

그리고 어차피 왕궁을 출입하는 이들은 모두 명단을 남기게 되어 있으니, 사태가 진정된 뒤 나중에 털어보면 그만이었다.

'칼같은 건지, 자비로운 건지…….'

도무지 알 수가 없었다.
하지만 아렌트의 목적이 최대한 피해를 줄이는 데 있다는 걸 아는 이상, 르웰린 역시 반박할 수 없었다.
하지만 아직 해결되지 않은 일이 있었다.
왕실 내부의 흑막이 밝혀지지 않은 거였다.

'뭔가 생각이 있어 보이는데.'

아렌트의 뒷모습을 바라보는 르웰린의 눈이 착잡해졌다. 빅토르와도 뭔가 대화를 나눈 것 같았지만, 아직 르웰린은 그 내용을 듣지 못했다.
그때, 그의 생각을 읽기라도 한 듯 아렌트가 입을 열었다.

"너도 해 줄 일이 있어."

르웰린이 퍼뜩 상념에서 깨어났다.

"어? 형님 보좌하는 거 말고?"

누구도 믿기 힘든 상황인데다 일손이 모자라는 지금,

르웰린은 왕세자의 곁에서 그를 돕는 역할을 수행 중이었다.

"싸움이 시작되면 그 짓도 못 할 테니까."
"어? 어. 그렇지."

얼떨떨하게 대답하던 르웰린은 그제야 아렌트의 시선이 묘한 곳을 향해 있다는 걸 깨달았다.
잠시 멍하니 있던 르웰린은 한 박자 늦게 그의 눈에 뭐가 비치고 있을지 알아차렸다.

"정령? 세일럼 님도 오신 거야?"
"꼬맹이도 제 할 몫을 잘 해내고 있는 듯하고. 아직은 시간이 좀 걸릴 것 같지만, 뭐. 어떻게든 되겠지."

혼잣말을 중얼거린 아렌트가 르웰린을 향해 몸을 돌렸다.

"계획이 틀어졌다는 건 체르니온 교 본교 놈들도 분명 눈치챘을 거야. 그러니 본교 놈들도 이쪽으로 몰려오겠지."

그렇기에 아렌트는 전력이 될 만한 자들을 최대한 끌어

모았다.
 르웰린과 눈을 마주친 아렌트가 은근한 목소리로 물었다.

 "내가 무슨 말 할 건지, 알지?"
 "……."

 르웰린은 입을 꾹 다물었다.
 늘 생각하는 거지만, 저런 식으로 말하는 아렌트는 거역하기 힘들었다.

* * *

 시간은 빠르게도 흘러, 체르니온 교에서 지정한 밤이 되었다.
 늦은 시간.
 선두에 서서 걷던 엠버는 힐끗 뒤를 돌아보았다. 어둠 사이로 최대한 기척을 죽인 채, 자신의 뒤를 따르는 동료들의 얼굴이 보였다.
 다들 애써 의연한 척하고 있었지만, 흐린 달빛 아래에 채 숨기지 못한 불안감이 고스란히 드러나고 있었다.
 '그럴 만도 하지.'
 엠버의 구역만 해도 3할이나 되는 동료들이 도망쳤다.

자신들과 뜻을 함께한 시종이 저잣거리로 끌려 나와 본보기가 된 뒤, 왕궁 내부의 동지들과 연락이 끊어졌다.

그리고 뒤이어 국왕의 상태에 대해 왕세자가 대대적으로 발표하며, 나라가 발칵 뒤집어진 상태였다.

'시종장님이 반역죄로 체포되셨다고 하니까…….'

그렇다면 다른 왕궁 안 다른 동료들도 이미 발각당했거나, 체르니온 신을 배신한 걸지도 몰랐다.

'멍청한 놈들.'

조금만 더 버티면 새로운 세상이 열릴 텐데. 발각당한 놈들이야 어쩔 수 없었다더라도, 지레 겁을 먹고 도망친 놈들은 도무지 용서할 수 없었다.

'언젠가 대가를 치를 날이 오겠지.'

배신자에게는 신의 벌이 떨어질 것이라, 엠버는 믿어 의심치 않았다. 그런 생각을 하던 중, 문득 제이슨의 목소리가 상념을 파고들었다.

"대장님, 이 근처 아닙니까?"

"어?"

엠버가 걸음을 멈추자 그녀의 뒤를 따르던 이들 역시 하나둘씩 멈춰 섰다.

"……아무도 없는 것 같은데요?"

누군가가 약간 겁에 질려 중얼거렸다.

성문 밖의, 인적이라고는 전혀 느껴지지 않는 공동묘지 인근이었다.

스스로를 로저라 칭한 자가 지정한 장소였다.

"조금 더 기다려. 아직 약속 시간까지는 좀 남았으니까."

엠버는 애써 초조함을 감추며 그렇게 대답했다. 달빛도 뜨지 않은 밤이었다.

어둠을 따르는 그들에게는 응당 편안히 여겨져야 할 시간이었다. 그러나 인간으로서의 본능적인 두려움은 어쩔 수 없는 것 같았다.

바스락.

들쥐가 뛰어가는 기척에 엠버는 저도 모르게 흠칫 몸을 떨었다.

문득 성안의 그 누구도 그들이 이곳에 있다는 알지 못한다는 사실이 떠올랐다.

"……."

비밀 엄수를 원칙으로 움직이니, 당연한 일이었다. 하지만 그 사실이 왜 이렇게도 불길하게 여겨지는지, 엠버는 알 수 없었다.

"어?"

그때, 제이슨이 탄성을 터뜨렸다.

"사, 사람이 있습니다."

그 말에 일행의 시선이 자연스레 제이슨이 가리키는 곳으로 향했다.

얼마 지나지 않아 엠버 역시 같은 것을 발견했다. 무덤가 수풀 근처에 인영 하나가 우뚝 서 있었다.

'혹시 저자인가?'

마음이 급해진 엠버는 그를 향해 한 발짝을 내밀었다.

마찬가지로 그들의 존재를 알아차린 건지, 인영이 수풀에서 한 걸음 밖으로 걸어 나왔다.

칠흑 같은 어둠 속에서도 둔탁한 광을 내는 금속 갑옷이 눈에 들어왔다.

절그럭.

쇳소리가 부딪치는 소리가 어둠 속에 울렸다.

분명 한 명이라고 여겼던 상대는, 혼자가 아니었다.

그 순간, 엠버는 무언가 잘못되었음을 알아차렸다.

빠르게 눈을 굴린 그녀가 주춤 뒤로 한 걸음 물러섰다. 아직 사태를 파악하지 못한 제이슨이 얼떨떨하게 물었다.

"대장님?"

"……이런 미친."

하지만 엠버는 그의 부름에 대답할 수 없었다.

수풀 속에서 익숙한 갑옷 차림의 기사들이 걸어 천천히 걸어 나왔다. 그제야 문제를 깨달은 일행의 낯이 새파랗게 질렸다.

절걱, 절그럭.

한 명, 두 명씩 늘어나던 기사들이 순식간에 그들을 완벽히 포위했다.

"함정……."

창백해진 제이슨이 입술을 달싹였다.

가슴의 보호구에 새겨진 문양은 분명 루카인 왕국 왕실 기사단의 상징이었다.

* * *

-2명이 저항해 즉결 처분했습니다. 그 외는 모두 투항해 하옥했습니다.

-소환진 근처에 남아 있던 7명 중 5명을 체포했습니다. 그중 두 명은 협조하지 않아 즉결 처분했습니다.

속속들이 날아드는 보고를 들으며, 빅토르는 가만히 머리를 감싸 쥐고 있었다.

-대피 작전을 시작하겠습니다. 주변에 배치된 칼리온 제국의 지원군 위치도 확인했습니다.

-사람들을 지정된 장소로 유도하겠습니다.

-저항하는 인원들을 소탕 완료했습니다. 대피 작전에 들어가겠습니다.

책상 위에 늘어놓은 통신구들이 끝도 없이 점멸하며 기사들의 보고를 전달했다.

왕궁 안팎은 일사천리로 정리되고 있었다.

함정을 파 유도하고, 저항하는 자는 묻지도 따지지도 않고 처분한다.

민간인을 상대로는 가혹한 처사였다.

적들을 한 명의 인간으로도 보지 않는 것 같은 방식이었으나…….

하지만 이것이 최대한 많은 사람을 살리는 방법이라는 것도 사실이었다.

'적어도 반란자가 되기 전 체포되었으니까.'

아직까지는 악신교의 꼬임에 어쩔 수 없이 넘어갔다며 변명할 수 있는 단계였다.

죽은 이들 역시 마찬가지였다.

반란죄는 그 가족에게까지 연좌제가 적용되니, 차라리 반역을 저지르기 전 지금 처분당하는 것이 나을 것이다.

'아렌트 경은 그 모든 것을 계산한 거겠지.'

물론 발상은 어렵지 않다.

하지만 그것을 실행에 옮기는 것은 결코 쉬운 일이 아니었다.

"……."

곧 해가 뜰 시간이었다.

왕궁의 운명이 정해지기까지 이제 만 하루도 남지 않았다는 뜻이었다.

이제 꼭두각시 역할도 끝을 향해 다가가고 있었다.

"하아……."

기사들의 손에 명을 달리한 자들은 처음부터 없던 존재인 것처럼 사람들의 기억에서 잊혀질 것이다.

죽었다는 사실마저도 알려지지 않겠지.

그들의 죽음이 '체르니온을 위한 고귀한 희생'이 되지 않도록, 시신도 남기지 말라는 게 아렌트의 뜻이었다.

반란자도, 성전(聖戰)의 이름 없는 병사조차도 되지 못했으니.

그들은 그저 범부로서 개죽음을 맞이한 채 역사 속에서 소멸할 것이다.

"……."

빅토르는 덜덜 떨리는 양손을 모았다. 습관적으로 루체 신에게 기도를 올리려 했지만, 이내 그것도 그만두었다.

루체 신의 얼굴에 침이라도 뱉고 싶다 말하던 아렌트가 떠오른 탓이었다.

'그는 도대체…….'

빅토르는 아직 아렌트라는 인간을 제대로 이해할 수 없었다.

하지만 적어도 그에게 악의가 없다는 것 하나만큼은 믿기로 했다.

'두려울수록 덤덤하게 받아들이라 말했지.'

피 웅덩이를 밟으면서도 표정 하나 변치 않던 않는 어린 기사는, 타고나길 대범했던 것인지.

'아니면 지금껏 삼켜 낸 두려움의 시간이 그를 그렇게 만든 걸까.'

알 수 없었다. 애초에 자신이 참견할 영역도 아니었고.

한참을 끓는 속을 삭이며 있자니, 어느새 통신구에서 모두 불이 꺼졌다.

그러고 보니 새벽녘, 대부분 피난을 마쳤다는 보고를 들은 것도 같았다.

어느새 동이 튼 건지, 창문 밖 하늘이 어슴푸레하게 밝아 오고 있었다.

마침 그때, 똑똑.

건조한 노크가 들려왔다.

빅토르가 고개를 들자, 허락도 기다리지 않고 문이 열렸다.

"나쁜 아침입니다, 저하."

그리고 아직 익숙지 못한 무심한 음성이 들려왔다.

흠칫 떨며 고개를 든 빅토르는 차가운 얼굴의 견습 기사와 눈이 마주쳤다.

"준비는 다 되셨습니까?"

시종의 모습을 벗어 던진 그는, 칼리온 제국의 견습 기사 제복 차림이었다.

손에는 악신교에서 빼앗았다는 아티팩트 반장갑을 끼고, 허리춤에는 번듯한 검이 채워져 있었다.

분명 회담 때도 마주한 적 있었고, 얼마 전 렉시온을 소개받는 자리에서도 그의 원래 얼굴을 보았다.

"……아렌트 경."

하지만 빅토르는 어째서인지 처음으로 그의 얼굴을 제

대로 마주한 것 같은 기분이 들었다.

하지만 감상에 빠질 시간은 없었다.

빅토르가 자리에서 몸을 일으켰다.

"난 준비됐어."

"가시죠."

아렌트가 한 발짝 물러서서 길을 내어 주었다. 긴장한 얼굴로 고개를 끄덕인 빅토르가 한발 먼저 집무실을 나섰다.

대부분 관리들이 빠져나가고 시종들까지 돌려보낸 뒤라, 왕궁은 평소보다 부쩍 한산했다.

그나마 남은 이들 역시 몸을 사리는 건지, 평소였다면 슬슬 일과를 시작하는 이들로 북적였을 본궁마저도 쥐 죽은 듯 고요하기만 했다.

"……이게 폭풍 전의 고요라는 건가."

르웰린이 무심코 중얼대다 입을 다물었다.

지금은 함부로 입을 놀릴 때가 아니었다.

목적지에 다다를 때까지, 그 누구도 입을 열지 않았다. 불행인지 다행인지 이동 중 아무도 마주치지 않았다.

억겁과도 같은 시간이 지나고, 빅토르는 드디어 국왕의 침소 앞에 멈춰 섰다.

화려하게 장식된 문은 앞을 지키는 시종도, 친위대도 없으니 유난히도 조촐해 보였다.

마른침을 한 번 삼킨 빅토르가 천천히 문을 열었다.

벌어진 문틈 사이로 시신이 썩는 듯한 냄새가 물씬 풍겨왔다.

빅토르는 눈살을 찌푸렸지만, 멈추지 않고 문을 열었다.

불 꺼진 침소 안을 복도에서 스며든 빛이 비추었다.

죽지도, 살지도 못한 국왕은 입을 쩍 벌린 채 침대 머리에 기대어 앉아 있었다.

"……아버지."

빅토르는 소리 내어 그를 불렀다. 하지만 돌아오는 반응은 없었다.

언제나 그랬다. 그는 아버지라 부르는 자신의 목소리에 대답해 준 적 없었다. 자신에게도, 배다른 두 동생에게도 마찬가지였다.

"형님……. 무리하지 않으셔도 됩니다."

"괜찮습니다, 왕자."

르웰린이 걱정스레 건네는 말에 빅토르가 담담히 대답했다.

"제가 감당해야 할 일입니다."

차분한 음성에서 더 이상 두려움은 느껴지지 않았다. 르웰린은 더 묻지 않고 그에게 단도를 건네주었다.

아렌트가 조언했다.

"목과 심장입니다. 저하."

"알겠어."

빅토르는 국왕을 향해 한 걸음 다가갔다.

미들턴 공작과 아렌트, 르웰린은 가만히 그 뒷모습을 지켜보기만 했다.

침대 바로 앞에 선 빅토르가 단도를 뽑아 들었다. 새파란 칼날이 섬뜩한 빛을 냈다.

"아버지."

빅토르는 한 번 더 그를 불러보았다. 하지만 혼탁해진 눈이 빅토르를 보는 일은 없었다.

하지만 빅토르는 아랑곳하지 않고 말했다.

"그간 고생하셨습니다."

비록 그는 국왕으로서 왕국을 지켜내지는 못했지만, 한때 나라를 평탄히 다스리던 이였다.

결코 다정하지는 않았지만, 현명했으며 철저한 국왕이었다.

비록 지금은 시체도 되지 못해 비참한 죽음을 맞이하게 되었지만.

"지금부터는 제가 아버지의 자리를 대신하겠습니다."

왕세자는 국왕을 조심스럽게 자리에 눕힌 뒤, 검을 치켜들었다.

눈을 감고 싶었지만, 그는 고집스럽게 칼끝에서 시선을 떼지 않았다.

우드득.

메마른 살과 뼈를 가르고 단도가 저항 없이 국왕의 심

장에 파고들었다. 거기에서 그치지 않고, 빅토르는 단도를 뽑아 국왕의 목에 박아 넣었다.

수분을 잃은 목뼈가 부러지는 끔찍한 감촉이 손끝에 걸렸다.

"……."

국왕이었던 구울은 더 이상 움직이지 않았다.

그저 침대 위에 조용히 늘어져 있을 뿐이었다.

"고생하셨습니다."

미들턴 공작이 약간 갈라지는 목소리로 말했다.

빅토르는 아무런 말도 하지 않고, 단도를 다시 갈무리해 품에 넣고 물러설 뿐이었다.

바닥을 응시하는 빅토르의 낯에서는 아무런 감정도 읽을 수 없었다.

짧게 한숨을 쉰 아렌트가 앞으로 나섰다.

그가 가볍게 마력을 운용하자, 말라붙은 시신이 순식간에 새하얗게 얼어붙었다.

그리고 잠시 후. 극한의 냉기를 이기지 못한 시신이 은빛의 얼음 가루가 되어 허공에 흩어졌다.

아렌트가 돌아섰을 때, 빅토르는 울고 있었다.

뚝, 뚝. 바닥에 원을 그리는 눈물방울을 힐끗 본 아렌트가 입을 열었다.

"마지막으로 여쭙겠습니다. 정말로 괜찮으시겠습니까?"

위로나 안타까움 따위는 전혀 담기지 않은, 건조한 목

소리였다.

그러나 빅토르는 원망이나 책망은 전혀 내비치지 않았다.

"내가 하겠다."

망설임 따위는 전혀 엿보이지 않는 결연한 무표정으로, 고개를 끄덕일 뿐이었다.

서리 어린 손길의 한기가 감도는 침소에 한 가지 온기를 품은 것이 있다면, 아버지를 향한 동정을 담은 왕세자의 눈물뿐이었다.

* * *

"……저희도 서둘러 왕궁을 떠나야 합니다, 어머님. 곧 적들이 이곳으로 습격해 올 것입니다."

아들의 말을, 릴리아나 왕비는 그저 조용히 듣고만 있었다.

비올레타 귀비와 루이스 왕자, 리에타 왕녀 역시 잔뜩 긴장한 표정으로 왕세자만을 바라보고 있었다.

"숙부……. 미들턴 공작과 르웰린 왕자가 호위해 주실 겁니다. 성 밖으로 나가면 칼리온 제국의 지원군이 보호해 줄 테고요."

"……정녕 그 수밖에 없습니까, 왕세자?"

잠깐 침묵하던 왕비가 입을 열었다.

"왕실의 인간이 왕궁을 지키지 못한다면, 과연 목숨을 부지한들 의미가 있을까요?"

"일단은……."

빅토르는 마른침을 한 번 삼키고 대답했다.

"일단은 살아야 하지 않겠습니까, 어머님. 그리고 이것은 우리 왕국만의 싸움이 아니니까요. 루체 님의 이름을 걸고……."

잠깐 뜸을 들이던 빅토르가 덧붙였다.

"루체 님을 위해서라도, 우리는 살아남을 의무가 있습니다. 우리는 반드시 살아서 왕궁으로 돌아오게 될 겁니다."

"그렇다면 왕궁은 어떻게 해요?"

리에타가 불안하게 묻자 빅토르는 그녀에게 흐린 미소를 지어 주었다.

"에드거 단장과 병사들이 지켜낼 테니 안심해. 괜찮을 거야."

이번에는 비올레타가 입을 열었다.

"전하께서도…… 함께 가십니까?"

"아니요."

빅토르는 고개를 내저었다.

"전하께서는 오늘 영면에 드셨습니다. 이제 편안한 안식 속에서 휴식을 취하고 계십니다."

"……."

그 속에 숨은 의미를, 그들은 어렵잖게 읽어 낼 수 있었다. 죽지도 살지도 못한 국왕의 숨을, 왕세자가 직접 끊어 주었다는 거겠지.

비올레타가 서글픈 미소를 지었다.

"결국 이리 되는군요. 알겠습니다, 왕세자 저하. 우리는 그저 저하의 뜻을 따를 뿐입니다."

"준비가 다 되시면 곧장 출발하겠습니다. 거친 여정이 될 테니, 움직이기 편한 옷으로 환복하세요."

왕세자의 말에 토를 다는 사람은 아무도 없었다. 그저 어린 왕녀만이 두려운 듯, 양손을 꼭 모아 쥘 뿐이었다.

* * *

불안한 눈으로 연신 아렌트를 보던 르웰린이 결국 염려를 입 밖으로 꺼내고 말았다.

"혼자 진짜 괜찮겠냐?"

"혼자 있는 편이 낫지. 괜히 귀찮은 게 주렁주렁 매달려 있는 것보다야."

검을 점검하며, 아렌트가 시큰둥하게 대꾸했다. 르웰린이 어처구니없다는 표정으로 대답했다.

"그 귀찮은 거에 나도 포함이냐?"

"아니."

하지만 의외로 단박에 대답이 돌아왔다. 점검한 검을

간단히 허리춤에 꽂아 넣은 아렌트가 덧붙였다.

"귀하기만 하지, 쓸모는 아무짝에도 없는 놈들을 서슴없이 떠넘길 수 있는……."

한순간 르웰린의 눈에 감동이 깃들려던 찰나, 아렌트가 찬물을 끼얹었다.

"좀 시끄럽지만, 그럭저럭 쓸 만한 놈이지."

"……뭐야, 그거. 나 방금 조금 기대했거든? 욕이야 칭찬이야? 둘 중 하나만 하지?"

불퉁하게 자신을 노려보는 르웰린에게 아렌트가 핀잔을 주었다.

"쓸 만하다고 했잖아. 뭐가 불만이야?"

"아오, 이 한결같이 싸가지 없는 자식."

"칭찬 감사."

"칭찬 아니라고!"

한바탕 멍청한 대거리를 하자니 기운이 빠지는 것 같았다. 이마를 짚는 르웰린을 힐끗 본 아렌트가 그에게 로브를 휙 던져 주었다.

르웰린이 허공에서 반사적으로 그것을 턱 잡아챘다.

뒤이어 아렌트의 퉁명스러운 목소리가 뒤따랐다.

"너도 실수하면 안 돼. 알지?"

그 역시 발끝까지 오는 로브를 걸치고 있었다.

"내가 말했다시피, 제일 피해야 하는 건……."

"알고 있어, 이 자식아. 똑같은 말을 몇 번이나 하는 거야?"

르웰린이 짜증스레 쏘아붙였다.

"귀에 딱지 앉겠네, 진짜. 잔소리하지 말고 너나 잘해."

"나는 원래 잘해. 마정석은?"

"늘 가지고 다니니까 신경 꺼. 짜증 나서라도 너보다는 절대로 빨리 안 뒈질 거니까 걱정 말고."

신경질적인 대답이 꽤 마음에 드는지, 아렌트가 씨익 웃었다.

"좋아. 바람직한 자세야."

"너 잘났다, 그래."

르웰린은 불퉁한 표정을 지으면서도 로브를 어깨에 걸쳤다.

이제 슬슬 해가 기울어 갈 시간이었다. 때가 점점 다가오고 있었다.

"제발, 이번에는 멀쩡한 꼴로 나타나라. 부탁이니까."

"어이가 없네. 약골 주제에 누가 누굴 걱정해?"

"네 전과를 생각해. 걱정 안 하게 생겼냐?"

마지막으로 한바탕 대거리를 한 뒤, 르웰린이 아렌트에게 주먹을 내밀었다.

"이따 보자."

"……."

눈을 몇 차례 깜빡이던 아렌트가 이내 어깨를 으쓱했다.

잠시 후.

톡. 두 사람의 주먹이 가볍게 맞닿았다가 떨어졌다. 르웰린의 표정이 그제야 조금 밝아졌다.

창밖으로 해가 서서히 가라앉고 있었다.

* * *

기사단장 에드거가 이끄는 왕실 기사단과 친위대는 잔뜩 긴장한 채 저물어가는 하늘을 바라보았다.

인적 드문 왕궁에 완연한 어둠이 가라앉았다.

평소라면 화려한 불빛으로 반짝였을 왕궁이었지만, 오늘 밤만큼은 달랐다.

샹들리에 불빛 대신, 병사들이 든 횃불이 어둠을 밝혔다.

성벽에 오른 에드거는 허리를 꼿꼿이 세운 채 번화가를 내려다보았다.

아직까지 늦은 밤이라고 하기에는 다소 이른 시간이었지만, 언제나 붐비는 번화가마저도 침묵에 가라앉아 있을 뿐이었다.

"뭘 그렇게 얼어 있어요?"

그때, 뒤에서 불쑥 앳된 목소리가 들려왔다. 흠칫 놀라 뒤를 돌아보자, 로브를 뒤집어쓴 앳된 기사가 보였다.

"아, 아렌트 경? 언, 언제 온 거지?"

"방금 올라왔습니다. 기사단장이라는 사람이 이렇게

둔해서야."

 시큰둥하게 대꾸한 아렌트가 에드거의 옆에 섰다.

 어둠에 잠긴 왕궁 주변이 한눈에 들어왔다.

 "이 근처 사람들도 대부분 피난시킨 거죠?"

 "어, 어······. 그렇지. 당장 다른 도시로 옮기기에는 인력도 시간도 부족해서, 일단은 왕궁 근처의 평야 쪽으로 유도했다."

 "하루아침에 노숙자 신세가 됐네요. 뭐, 죽는 것보다야 그게 낫겠지만."

 시큰둥하게 대답하는 아렌트를, 에드거는 연신 힐끗힐끗 곁눈질했다.

 아렌트 폰 에크하르트가 왕실 기사단과 합류해 움직일 거란 통보를 받은 건 고작 몇 시간 전이었다.

 '마치 하늘에서 뚝 떨어진 것 같군.'

 그가 도대체 언제부터 루카인 왕궁 내부에 있었는지도 알 수 없었다.

 칼리온 제국의 지원군과 함께 온 거라 대충 짐작할 뿐이었다.

 애초에 황실 기사단이 어떻게 이렇게까지 빨리 지원하러 왔는지도 상당히 의문스러웠지만.

 눈앞에 있는 아렌트 폰 에크하르트에게 물어보면 간단히 해소될 궁금증이었지만, 쉽게 입이 떨어지지 않았다.

 아직 어린 나이인데도 어쩐지 범접할 수 없는 분위기가

풍기는 탓이었다.

'루체 님의 축복을 받은 자라 그런가, 분위기가 남다르군.'

마른침을 한 번 삼킨 에드거가 긴장감을 감추며 입을 열었다.

"유명한 아렌트 경과 함께 싸울 수 있다니 영광이군."

가벼운 너스레를 던지자, 로브 아래의 무심한 눈동자가 에드거를 향했다.

어린놈의 눈이 왜 저렇게까지 서늘한지.

에드거는 속으로 찔끔하면서도 아무렇지도 않은 척 계속해서 말했다.

"영웅, 라이오스 단장의 생명을 구한 은인이라지. 그 이야기는 나도 전해 들었네."

"뭐. 그렇긴 하죠."

순순히 대답이 돌아오자 에드거는 남몰래 조금 안도했다. 하지만 잠시 후, 그의 상상을 초월하는 말이 뒤따랐다.

"덕분에 단단히 호구 잡을 수 있었으니, 그것 하나만큼은 제법 마음에 듭니다."

"……호, 호구?"

"라이오스 단장님도 꽤 호구 같은 사람이라. 그걸 빌미로 이것저것 뜯어먹기 좋거든요."

에드거의 당혹감과는 별개로, 아렌트는 그저 태연하게

말을 이을 뿐이었다.

기껏 용기 내어 말을 걸었건만, 딱 두 마디 만에 대꾸할 말을 잃어버린 기사단장은 한동안 침묵하기만 했다.

성검의 영웅, 라이오스 단장. 그리고 호구.

정신이 아찔해질 정도로 매치가 안 되는 말이었다.

다시금 침묵이 흘렀다.

다만 공기가 훨씬 어색해졌다는 것만이 아까와의 차이점이었다.

"……."

단장과 아렌트의 대화를 들어 버린 다른 기사들과 병사들마저도 딴청을 부리기 시작했다.

아까까지의 긴장감은 완전히 개박살 나고 떨떠름한 분위기만이 감돌았다.

이런 와중에도 아렌트 폰 에크하르트는 태연할 뿐이었다.

이 공기를 어떻게든 타파해야 한다는 의무감에, 에드거는 다시 입을 열었다.

"그, 루체 님의 은총을 받았다지? 신성제국 칼리온의 미래가 밝군. 영웅에 이어 은총을 받은 젊은 기사라……. 황제 폐하께서 어깨가 든든하시겠어."

하지만 에드거는 자신도 모르는 새 치명적인 실수를 저지르고 말았다.

견습 기사가 표정 하나 바꾸지 않고 툭 내뱉었다.

"알 게 뭡니까. 신 따위 엿이나 처먹으라죠. 그리고 녹봉 받으니 제값 하는 거지, 그런 걸로 황제 폐하께서 든든하실 이유는 없을 것 같습니다만."

"……."

지옥 같은 침묵이 흘렀다.

그것으로 대화는 완벽하게 차단되어 버렸다.

천재, 신의 은총을 받은 견습 기사 등등 온갖 찬사와 더불어 들려오던 괴팍한 성정에 대한 소문을 직접 확인하게 된 순간이었다.

그냥 닥치고 있을걸.

에드거는 짧게 후회했다.

"에드거 단장님."

그때, 아렌트가 먼저 입을 열었다. 어느새 아렌트는 성벽 아래를 물끄러미 응시하고 있었다.

"왜 그러지?"

"왕궁 안에 남은 병력이 어느 정도 됩니까? 휴가를 청하는 이들은 그냥 밖으로 내보내라고, 저하께서 그리 명령하셨다고 압니다만."

"떠난 이들은 2할 정도……. 나머지는 왕궁 안에 남아 있다."

"남은 이들 중 미들턴 공작님의 병사는 어느 정도 되는데요?"

뒤이어진 물음에 에드거가 눈살을 살짝 찌푸렸다.

"아마 남은 이들의 3할 정도. 그들은 아무도 떠나지 않았어."

"그러면 나머지가 원래 왕궁에 있던 자들이고……. 왕실 기사단 병력도 절반 이상이 왕궁 밖에 나가 있으니."

혼잣말처럼 중얼대던 아렌트가 불만스럽게 투덜거렸다.

"좀 빡세겠는데."

"그게 무슨 말이지?"

에드거가 의아하게 물은 순간, 챙! 챙! 병장기가 부딪치는 소리가 귀에 꽂혀 들었다.

동시에, 성벽 아래에서 경악한 외침이 터져 나왔다.

"이, 이 자식들! 배신자냐!"

"이 새끼가 미쳤나, 감히 누굴 향해……!"

"……!"

에드거의 낯빛이 사색이 되었다. 그는 당장 성벽 끝으로 달려가 소음이 터져 나온 쪽을 확인했다.

일렁이는 횃불 아래, 같은 보호구로 무장한 왕실의 병력이 서로 검을 겨누고 있는 것이 눈에 들어왔다.

"저놈들이……!"

"이미 전해 듣지 않으셨습니까? 단장께서 상대해야 할 적은 성 밖이 아니라 성안에 있다고요."

시큰둥한 목소리가 급히 뛰어 내려가려던 에드거의 걸음을 붙잡았다.

에드거는 저도 모르게 아렌트를 돌아보았다.

챙!

아렌트의 허리춤에서 검이 매끄럽게 뽑혀 나왔다.

"물론 이따가 밖에서도 몰려올 것 같긴 합니다만, 그 전에 내부부터 청소하죠."

"청, 청소?"

"네."

아렌트가 얼굴을 가리던 로브를 홀랑 벗었다.

"적인지 아군인지 구분을 잘 못 하시겠다면, 한 가지만 기억하세요."

새하얀 은발과 황금색 눈동자, 그리고 연푸른 빛의 제복이 고스란히 드러났다.

"저한테 덤비는 놈들부터 다 죽이면 됩니다. 쉽죠?"

아렌트의 입가에 비릿한 미소가 걸렸다.

"제가 또 체르니온교 새끼들한테 끝내주게 잘 먹히는 미끼거든요."

"뭐……?"

에드거가 아연하게 물었다. 하지만 다음 순간, 이미 아렌트는 성벽을 박차 아래로 훌쩍 뛰어내린 뒤였다.

쿠우웅.

갑작스러운 난입자에, 서로 노려보던 이들이 반사적으로 고개를 돌렸다.

지면에 안정적으로 착지한 아렌트가 자리에서 천천히

몸을 일으켰다.

적, 아군 할 것 없이 모두의 시선이 순식간에 그에게 집중되었다.

누군가는 의아해하고 있었고, 또 누군가는 경악해 눈을 크게 떴다.

"잘 보이나? 버러지 같은 광신도 새끼들아."

유난히도 잘 들리는 음성이 전운이 감도는 왕궁에 울려 퍼졌다.

"세상에서 제일 잘난 인간의 목이 여기에 있는데, 탐나지 않나?"

횃불이 일렁이는 성벽은 썩 마음에 드는 무대는 아니었다.

"네놈들의 신도 갖고 싶어서 제법 안달 내더라고."

그러나 별로 아쉽지는 않았다.

하나둘씩 자신에게 향하기 시작한 살기 어린 시선들이 제법 만족스러웠으니까.

"가능하다면 지금 따 놓는 게 좋을 거야. 내가 언젠가 그 시궁쥐 같은 신 새끼를 죽여 버릴 거거든."

황금색 눈동자에 노골적인 비웃음이 깃들었다.

"버러지를 몰고 다니는 신이라……. 쥐새끼가 따로 없군. 그런 천한 놈한테는 고지식한 영웅보다야 싸가지 없는 견습 기사 따위의 검이 더 어울리지."

아렌트가 비릿하게 미소 지으며 검을 고쳐 쥐었다.

"내가 아렌트 폰 에크하르트다. 바퀴벌레 같은 광신도 따위를 베기엔 좀 아까운 검이지만, 특별히 상대해 주지."

"저……."

지켜보던 에드거가 저도 모르게 신음을 흘리는 것과 동시에, 으득, 누군가가 살기등등하게 이를 악물었다.

"저 빌어먹을 애새끼가 감히!"

병사들을 향하던 무기들이 하나둘씩 돌아서 홀로 선 견습 기사를 노리기 시작했다.

에드거가 입술을 달싹이며 경악 섞인 감탄사를 흘렸다.

"저 미친놈……."

적의 표적이 아렌트 폰 에크하르트, 단 한 사람으로 좁혀진 순간이었다.

2장. 일그러진 무대 위에서

일그러진 무대 위에서

쿠웅!

천장 위에서 들린 묵직한 소음에 일행의 발걸음이 멈췄다. 가장 앞서가던 르웰린이 그들을 재촉했다.

"시간 없습니다. 계속 움직이세요."

"네, 네. 왕자. 알겠습니다."

황급히 고개를 끄덕인 빅토르가 가족들을 돌아보았다.

"조금만 더 힘내세요. 발밑도 조심하고."

"축축해서 걷기 힘드네요……. 어머님, 큰어머님, 괜찮으세요?"

루이스가 왕비와 귀비를 돌아보았다. 그러자 두 사람이 고개를 끄덕였다.

"신경 쓰지 말고 가세요, 왕자. 잘 따라가고 있습니다."

왕비의 말에 루이스가 약간 염려스러운 표정을 지었다.

빅토르는 어린 리에타의 손을 꼭 잡고 있었다.

"넘어지지 않게 조심해."

"네, 오라버니."

르웰린은 일행의 기색을 한 번 살피고는 다시 발걸음을 재촉했다. 가장 뒤에서 따라오는 미들턴 공작 역시 후방을 경계하며 걷기 시작했다.

그들은 지금 왕궁의 오래된 지하 수로를 통해 이동하고 있었다.

발아래는 썩은 물과 진흙으로 질척댔고, 공기는 탁했다.

그럼에도 이 길이 가장 안전하다는 것은 부정할 수 없는 사실이었다.

오랫동안 방치된 탓에, 그 누구도 존재를 몰랐던 통로였으니까.

"그나저나 르웰린 님, 이런 길이 있다는 건 어떻게 아셨어요?"

조심조심 발을 옮기던 리에타가 묻는 말에, 르웰린이 씨익 웃으며 장난스레 대답했다.

"탐험가는 모르는 게 없답니다, 왕녀님. 피난할 길을 모색하다가 우연히 발견했지요."

"우와……."

왕녀의 눈동자에 순수한 감탄이 어렸다. 하지만 이건 거짓말이었다.

이 통로를 알아낸 사람은 다름 아닌 세일럼과 그의 정령들이었으니까.

뒤따라오는 이들은 미처 눈치채지 못했지만, 세일럼의 정령이 남겨 놓은 흔적이 일정 구간마다 벽이며 천장에 새겨져 있었다.

르웰린의 임무는 그것을 따라 움직이며 빅토르를 안전하게 보호하는 거였다.

"저를 놓치시면 절대로 안 됩니다. 이곳에서 길을 잃어버리면 곤란해요."

횃불을 앞으로 들어 길을 밝히며, 르웰린이 경고했다.

그런 와중에도 머리 위에서는 차가운 날붙이들이 충돌하는 소리가 들려왔다. 위에서는 이미 한바탕 거한 싸움이 벌어진 것이다.

"……괜찮을까요?"

빅토르가 조심스럽게 물었다.

왕실 사람들은 아직 아렌트가 왕궁에 있다는 걸 모르고 있었다.

그걸 신경 쓴 탓에 미처 주어를 입에 담지는 못했지만, 르웰린은 그가 아렌트를 걱정하고 있다는 사실을 어렵잖게 알아차렸다.

"뭐어, 괜찮을 겁니다. 아마도."

르웰린이 애매하게 대답했다. 워낙 괴물 같은 놈이니 굳이 사서 걱정할 필요는 없을 것이다.

하지만 한 가지 신경 쓰이는 점은······.

'심기가 꽤 불편해 보였는데, 그놈.'

함께 있을 에드거 단장을 위해서라도, 아렌트가 적당히 해 줬으면 하는 바람이었다.

* * *

라이오스 드 윈프리드는 고요한 눈으로 어둠 저편을 응시하고 있었다. 그의 시선이 닿은 곳은 텅 빈 거리 너머에 있는 작은 헛간이었다.

"다들 준비해라."

"예!"

라이오스의 명령에 기사들이 하나둘씩 검을 뽑았다

볼품없는 헛간에서 심상치 않은 마력의 흐름이 느껴지고 있었다. 마치 새끼 새가 알에서 깨어나기 직전 발버둥치는 것처럼, 무언가가 헛간 속에서 꿈틀대고 있었다.

라이오스는 조용히 검으로 손을 가져갔다. 루체의 힘이 담긴 성검이 그의 손길을 얌전히 기다리고 있었다.

'셋, 둘······.'

하나.

라이오스가 숫자를 모두 센 것과 동시에, 작은 헛간에

서부터 농도 짙은 마력이 폭발했다.

한순간 주변이 대낮처럼 환해졌다. 그 사실을 기사들이 알아차린 순간.

콰아앙!

커다란 폭발이 주변을 휩쓸었다.

"큭!"

거센 폭풍이 주변을 초토화시키며, 파편이 사방으로 날렸다.

다른 기사들이 반사적으로 급하게 몸을 숙이는 와중에도, 라이오스는 허리를 꼿꼿이 편 채 폭발 지점에서 눈을 떼지 않았다.

어느새 헛간은 흔적조차 없이 무너지고, 대신 피처럼 붉은빛을 내는 소환진이 그 자리를 차지하고 있었다.

그리고 라이오스는 짙은 어둠을 물들이는 붉은 빛 한가운데에서 몸을 웅크린 존재를 발견했다.

"……."

황혼에 드리운 그림자를 닮은 거인.

가장 먼저 나타난 호문쿨루스와 같은 형태였지만, 그것과는 조금 다른 존재라는 것을 어렵잖게 알 수 있었다.

상반신이 지면에 고정되어 움직이지 못하던 놈과는 달리, 저 거인은 팔다리를 온전히 갖춘 채 막 태어난 아이처럼 몸을 잔뜩 구부리고 있었다.

저것이 눈을 뜨고 활개 치는 순간, 인근의 모든 게 순식간에 박살 나 버릴 것이다.

"그르륵……."

"으르릉……."

가장 먼저 움직인 쪽은 호문쿨루스를 호위하듯 둘러싼 구울들이었다.

늑대를 닮은 구울이 썩어 가는 목에서 피가 끓는 소리를 냈다. 놈들의 새빨간 눈동자가 하나둘씩 기사들을 향하기 시작했다.

챙!

라이오스가 검을 뽑았다. 성검이 흰빛을 품으며 신성력을 머금었다. 여러 명령 대신, 라이오스는 딱 한 마디만 입 밖으로 냈다.

"다치지 마라."

"예!"

* * *

지금은 꽤 아득하게 느껴지는 과거였지만, 그는 한때 커피 한 잔을 홀짝이며 책을 읽는 일 따위를 즐기곤 했다.

가구도 몇 개 들여놓지 않은 원룸에서 책장을 넘기거나 스크롤을 내리며 작은 휴식을 찾던 무명의 배우는, 방금 적을 세 명째 베어 넘긴 참이었다.

'딱히 호전적인 성격은 아니었던 것 같은데.'

그러나 아렌트라는 인생을 연기하는 지금, 살벌한 검날 사이를 거니는 것도 나쁘지만은 않은 듯했다.

적어도 싸우는 순간만큼은 눈앞의 적을 쓸어버리는 데에만 집중할 수 있으니까.

그렇다고 해서 '아렌트'로서의 본분을 소홀히 하겠다는 건 아니었지만.

서걱!

깔끔하게 목을 베인 적이 그대로 지면에 쓰러졌다.

"허섭스레기일 거라곤 생각했지만, 진짜 상상 이상으로 허접하군."

검에 달라붙은 핏덩어리를 털어내며, 아렌트가 짜증스레 투덜댔다.

"머릿수가 많으면 뭐 해? 실속이 없는데."

그렇게 말하는 순간에도, 루카인 왕국의 보호구를 입은 병사가 그에게 달려들고 있었다.

"죽어라아!"

하지만 그가 내리친 회심의 일격은, 아렌트가 살짝 한 걸음 뒤로 물러서는 것만으로도 싱겁게 무산되었다.

서걱!

몸을 가볍게 회전시킨 아렌트는 간단하게 적의 심장을 갈랐다. 울컥 피를 토한 병사가 그대로 털썩 쓰러졌다.

"도대체 훈련을 어떻게 시킨 거예요? 고작 견습 애새끼한테도 상대가 안 된다는 게 말이나 됩니까?"

"……."

"아, 하긴. 수준을 알 만하긴 하네요. 태반에 가까운 수가 배신한 꼴을 보아하니."

자신을 향해 날아드는 싸가지 없는 목소리에도 에드거는 아무런 변명도 할 수 없었다.

하나하나 따지자면 결국 틀린 말은 아니었으니까.

'진짜 미친놈.'

끝도 없이 밀려드는 적들을 베어 내는 와중에도 저딴 말을 지껄이는 꼴을 보자니 웃기지도 않았다.

아렌트를 향해 덤벼드는 병사를 베어낸 에드거가 최대한 점잖게, 하지만 뼈를 담아 툭 내뱉었다.

"아렌트 경이 내 부하가 아니라서 정말 다행이군."

"그렇죠? 수하가 너무 잘나도 상당히 곤란하니 말입니다. 그런 의미에서 우리 선배들이랑 라이오스 단장님은 다소 유감이게 됐죠."

"진짜 환장하겠군."

"칭찬 감사. 그런 말 자주 듣습니다."

"……."

에드거는 말을 붙일수록 손해만 본다는 사실을 깨달았다.

모든 것을 포기한 그는 묵묵히 적을 베어 내는 데 집중하기 시작했다.

주변의 다른 기사들 역시 마찬가지였다.

'기사들은 제법 쓸 만한 것 같고.'

덕분에 잠깐 틈을 얻은 아렌트는 거리를 벌리고 주변을 확인했다.

다행히도 변절자 중 왕실 기사단에 소속된 자는 없었다.

그러나 유감스럽게도 일반 병사들과 근위병들은 제법 심각하게 오염된 것 같았다.

'도대체 무슨 일이 있었기에…….'

아렌트의 눈살이 살짝 구겨졌다.

상정했던 것보다 훨씬 적의 수가 많았다.

분명 루카인 왕국 역시 악신교에 대한 경계를 게을리하지 않고 있었다.

그런데도 이렇게까지 많은 변절자가 나왔다는 것은, 역시 뭔가 계기가 될 만한 사건이 있었다는 의미일 터였다.

"……!"

하지만 딴생각을 할 시간은 길지 않았다. 후방에서 살금살금 다가온 근위병이 그를 향해 창을 확 찔러 넣은 것이다.

하지만 몸통을 노린 공격은 그저 허공을 갈랐을 뿐이었다.

"아무리 생각해도 이상하단 말이지."

혼잣말을 중얼거리며, 아렌트는 매끄러운 움직임으로

검을 휘둘렀다.

서걱!

깔끔하게 목이 참수된 근위병이 비명도 지르지 못하고 쓰러졌다.

"왕실이 폭정을 저지른 것도 아니고. 왜 갑자기 이 난리야? 불만이 있었다면 좀 더 빨리 들고 일어나던가."

심지어 대부분이 세뇌당하지도 않은 상태라는 것도 마음에 걸렸다.

휙! 머리 바로 위로 날아드는 검을 손쉽게 피한 아렌트는 서리 어린 손길을 발동했다.

싸늘한 냉기가 검을 휘감았다.

"……!"

서늘한 기운을 알아차린 적이 반사적으로 한 걸음 물러섰다.

하지만 이미 검을 쥔 손이 새하얗게 얼어붙고 있었다.

"뭐, 뭐야, 이거!"

"뭐긴. 너 뒈진다는 뜻이지."

담백하게 말한 아렌트는 그를 내버려둔 채 훌쩍 앞으로 나아가 다른 적을 상대했다.

"아아아악! 이게 뭐야! 아악!"

뒤에서 얼어붙어 가는 적의 비명 소리가 들렸다. 그게 묘하게 거슬렸지만, 아렌트는 그냥 무시해 버렸다.

그렇잖아도 꾸역꾸역 밀려드는 적들로 사방이 그득했

으니까.

"아렌트 경, 혼자 너무 멀리 가지 마라! 적들이 경을 노리고 있잖아, 너무 위험해!"

"명령하지 마십쇼. 단장님 부하 아니라서 다행이라면서요?"

에드거가 외쳤지만, 아렌트는 아랑곳하지 않고 적진 한가운데로 파고들었다.

누가 적이고 아군인지 쉽게 식별할 수 없으니, 미끼 역할을 제대로 수행해야 할 필요가 있었다.

그가 한 걸음 내딛을수록 전장에 새하얀 얼음꽃이 피어났다.

점차 얼어가는 신체를 붙잡은 채 비명을 지르고 날뛰었지만, 아렌트는 뒤돌아보지 않았다.

'진짜 거슬리네.'

어차피 저러다 곧 조용해질 놈들이었으니, 잠깐 정도 살아 있다 하더라도 크게 상관은 없었지만…….

그래도 뭔가가 마음에 들지 않았다.

'아.'

아렌트는 얼마 지나지 않아 이유를 깨달을 수 있었다.

평소에는 몇 걸음 뒤에서 얼어 죽어가는 놈들을 깔끔하게 처리해 주는 이들이 있었다.

하지만 오늘은 후처리를 맡길 사람이 없으니, 괜히 등 뒤가 허전해진 것이다.

"쯧."

아렌트는 아티팩트의 힘을 더욱 끌어올렸다. 그가 딛고 선 지면 주변에 흰 서리가 내려앉았다.

"저 애새끼부터 없애! 괴물이다!"

"괴물이라니. 이렇게 잘생긴 괴물 본 적 있나?"

습관이 된 헛소리를 지껄이며, 아렌트는 한꺼번에 달려드는 적들을 향해 크게 검을 내질렀다.

은빛 서리 바람이 몰아치며 적들이 덤벼들던 자세 그대로 순식간에 얼어붙었다.

쩌억.

얼어붙은 표면이 갈라지더니, 이내 적들은 새하얀 얼음 조각이 되어 허공에 흩어졌다.

아렌트의 입가에 철에 맞지 않은 입김이 희게 피어올랐다.

그대로 그가 다시 적들을 향해 파고들려던 순간.

꽤 떨어진 곳에서 낯선 아우성이 터져 나왔다.

"뭐, 뭐야? 갑자기 어디서 튀어나온 거야?"

아렌트가 멈칫했다. 잠시 후, 희비가 엇갈린 외침이 뒤따라 들려왔다.

"지원군이다! 저분들을 따라!"

"우리에게는 루체 님의 은총이 함께한다!"

누군가가 전장에 개입해왔다는 뜻이었다. 아렌트는 시선을 들어 소리가 터져 나온 방향을 확인했다.

그리고 잠시 후, 그의 입가에 어이없는 웃음이 터져 나왔다.

"하여튼, 저 인간들도 양반은 못 된다니까."

루카인 왕국 소속 병사들이 어지러이 뒤섞인 가운데, 새파란 제복 차림의 두 기사가 유난히도 눈에 띄었다.

* * *

오랜만에 펼친 검은 날개를 몇 번 펄럭이자, 인간 모습의 몸이 가볍게 날아올랐다.

어느 정도 고도를 높인 렉시온은 몸을 돌려 루카인 왕성 일대를 내려다보았다.

번화가 특유의 활기찬 밤거리 따위는 눈 씻고 찾아봐도 없었다.

이따금 보이는 불빛이라곤 전투를 위해 밝혀 둔 횃불들뿐이었다.

"장관이군."

렉시온의 입에서 헛웃음이 터져 나왔다. 지금 그가 발아래에 둔 광경이 바로 아렌트가 원하던 '무대'였다.

민간인은 모두 대피했고, 꼭 죽여야 할 놈들도 이미 대부분 처리했다.

황실 기사단의 행보에 걸리적대는 건 아무것도 없었다. 남은 일은 눈앞의 적들을 처리해 영웅의 힘을 과시하는 것뿐.

'징그러운 애송이.'

왕궁 내부의 첩자를 가려내는 과정에서, 아렌트는 항복하는 이들에게 한 번의 기회를 더 주었다.

그리고 체르니온 교에 가담한 이들이 도망칠지도 모른다는 위험성을 감안하고서 민간인 대피를 우선시했다.

덕분에 엉뚱하게 휘말려 죽는 이들도 없을 테고, 공개적으로 체포되었더라면 필시 사형당했을 이들도 목숨을 건질 수 있었다.

얼핏 보기에는 상당히 자비로운 손속이라고 볼 수도 있겠지만…….

그게 다가 아니라는 것을, 렉시온은 누구보다도 잘 알았다.

'허섭스레기 따위에게 영웅의 검은 아깝다는 거겠지.'

렉시온의 입가에 비릿한 미소가 드리웠다.

필요 이상의 희생은 라이오스 드 윈프리드가 걸을 완전무결한 영웅의 길에 어울리지 않는다.

분명 아렌트는 그리 생각한 것일 터였다.

그래서 걸리적대는 놈들은 미리 자신의 손으로 처리해 버리고, 살릴 수 있는 것들은 왕세자가 내린 자비로 포장해 살려 두었다.

그 결과, 렉시온의 발아래에는 아렌트가 원하던 무대가 펼쳐졌다.

오로지 악적만을 베어 낼 수 있는, 영웅을 위한 전장이었다.

"하여튼 미친 새끼."

진심이 가득 담긴 헛웃음이 흘러나왔다.

'타고나길 미친놈인 건지, 아니면 다른 이유 때문에 돌아버린 건지.'

위대하신 분들이 참견하기 전부터, 저 애송이는 분명 제정신이 아니었을 것이다.

'그러니 신들 앞에서도 감히 발톱을 드러낼 수 있는 거겠지.'

액막이를 자처하는 미친 꼬맹이가 존재하니, 라이오스는 영웅 칸과는 다른 길을 걸을 수 있을 것이다.

그것도 상당히 희망적인 방향으로.

'하지만 그게 과연 영웅이 바라는 길일지.'

렉시온은 다소 회의적이었다.

라이오스 드 윈프리드가 점점 망가져 가는 애송이를 그저 구경만 할 리는 없었다.

게다가 광기는 신앙과 마찬가지로 전염성이 있으니까.

"……하긴, 이쯤 되면 어느 쪽이 정신 나간 놈인지도 모르겠군."

그런 놈을 평범한 애새끼 취급하는 라이오스야말로 비범한 자일지도 몰랐다.

'애새끼 곁에 동료들을 데려다주라는 부탁도 들어줬으니.'

지금은 그 역시 망할 애송이가 안배한 역할을 이행할 때였다.

판을 완전히 빼앗겼다는 걸 인지한 방해꾼들이 쳐들어오기 전에.

렉시온은 그대로 몸에 힘을 풀고 활강했다.

목적지는 자신이 담당한 구역, 막 깨어난 호문쿨루스가 꿈틀거리는 곳이었다.

눈 깜짝할 사이에 이동한 렉시온은 구울들이 하나둘씩 눈을 뜨는 오래된 창고 앞에 가볍게 착지했다.

그의 기척을 알아차린 구울들이 하나둘씩 고개를 들었다.

"흐음."

하지만 렉시온은 구울들 쪽으로는 시선도 주지 않은 채, 천천히 몸을 꿈틀대는 호문쿨루스를 가만히 응시할 뿐이었다.

갓 태어난 아이처럼 몸을 웅크린 거인이 렉시온 쪽으로 고개를 돌렸다.

"정말 더러운 짓을 하는군."

새빨간 눈동자를 가진 '기적의 병사'는, 제 앞에 있는 것이 드래곤이라는 것조차도 인지하지 못하는 것 같았다.

쯧 혀를 찬 렉시온이 손을 한 번 휘저었다.

다음 순간, 어깨 뒤의 날개는 사라지고 순도 높은 마력으로 이루어진 거대한 창이 그의 손아귀에 들어왔다.

"크륵, 크르르륵……."

본능마저도 빼앗긴 구울들이 천천히 렉시온을 포위하기 시작했다.

"신성력이 관여한 존재에는 직접 손대고 싶진 않다만."

렉시온이 무심히 중얼댔다.

"더러운 연구의 결과물 정도야 쓸어버려도 문제없겠지."

창을 가볍게 고쳐 쥔 렉시온이 점차 거리를 좁혀 오는 구울들을 향해 눈길을 주었다.

검은 눈동자가 붉은색으로 물들었다.

렉시온이 창을 크게 휘두르자, 어둠을 닮은 마력이 한순간 주변을 휩쓸었다.

위협하듯 점점 다가오던 구울들이 한순간에 우뚝 움직임을 멈췄다.

잠시 후.

파사삭.

수많은 구울들이 한꺼번에 검은 잿가루로 변해 허공으로 흩어졌다.

주변이 순식간에 조용해졌다.

잠시 공중을 떠돌다가 바닥에 내려앉은 검은 파편들만이, 그 자리에 구울이 있었다는 것을 증명할 뿐이었다.

이제 남은 것은 거대한 호문쿨루스 한 체뿐이었다.

"저게 노친네랑 애새끼 엘프의 작품이란 말이지."

렉시온의 입가에 차가운 미소가 드리웠다.

"한번 뜯어나 보실까."

본대가 몰려들기 전 다른 한 곳도 정리해야 하니 여유 부릴 틈은 없었지만, 잠깐의 여흥 정도야 괜찮을 것이다.

* * *

아서와 리히트는 적들을 베어내며 수월하게 아렌트 곁으로 합류했다.

덤벼 오는 병사 하나를 간단히 처리한 아렌트가 빈정거렸다.

"제법 여유가 넘치나 봐요? 이런 잔챙이까지 처리하러 오시고. 여기는 혼자서도 충분한데요."

"괴물 새끼들 상대하는 것보다야, 이쪽이 훨씬 편할 것 같아서."

아서가 퉁명스레 대꾸했다. 뒤이어 리히트가 말했다.

"단장님이 보내셨다. 렉시온 님이 데려다주셨고. 아무래도 너 혼자는 버거울 테니."

"고물 같긴 하지만 저기 왕실 기사단도 있으니, 저 혼자서도 충분합니다만."

"……솔직히 네 안위보다는 왕실 기사단이 걱정이었다."

떨떠름하게 답을 내어 주던 리히트가 아렌트를 향해 달려드는 적의 목을 간단히 쳐냈다.

단말마도 남기지 못한 채 절명한 병사가 피를 쏟아내며 쓰러졌다.

"보아하니 이미 한바탕 한 모양이지. 기사단장 표정이 영 안 좋군."

"당연하죠. 지금이야 반란군이라지만, 한때 왕궁 소속이었다던 병력이 이렇게까지 허접한데."

아렌트의 시큰둥한 대답에 아서가 질린다는 표정을 지었다.

"또 그걸로 단장님 속 박박 긁었지?"

"무능한 걸 무능하다고 말한 것뿐입니다. 뭐 문제라도?"

서리 어린 손길의 힘을 끌어올린 아렌트가 앞으로 치고 나갔다.

리히트와 아서가 자연스레 비켜서자, 지척까지 다가왔던 병사들이 한꺼번에 얼어붙었다.

그들이 미처 자신의 상태를 알아차리기도 전, 아서와 리히트의 검이 마지막 일격을 가해 숨통을 끊어 놓았다.

아렌트가 만족스레 씨익 웃었다.

"확실히 이게 효율적이긴 하네요."

"선배를 이딴 식으로 부려먹는 견습은 너밖에 없을 거다."

리히트가 투덜대는 소리에 아렌트가 어깨를 으쓱였다.

"불만 있으시면 선배가 먼저 움직이셨어야죠. 제가 유능한데 뭐 어쩌라고. 경험이 많아서 세상 넓은 줄 누구보다 잘 아시는 선배님이신데……."

아렌트의 검이 옆에서 달려들던 적을 간단히 베어 냈다.

뻣뻣하게 얼어붙은 병사가 그대로 쓰러지며 산산조각 났다.

"그렇게까지 쪼잔해서 어쩌시려고."

"언제까지 써먹을 거냐, 그거."

리히트가 피 묻은 검을 털어내며 짜증을 터뜨렸다.

쉬지 않고 티격태격대며, 세 사람은 빠르게 적의 수를 줄여 나갔다.

그리고 에드거는 그들과 멀지 않은 곳에서 싸우며 원치 않게 그 대화를 듣게 되었다.

묵묵히 적들을 처리하는 에드거의 머릿속에 한 가지 편견이 자리 잡았다.

'칼리온 제국 황실 기사단은 전부 제정신이 아니군.'

* * *

통로는 점점 더 좁고 어두워져 갔다. 르웰린은 불을 더욱 앞으로 비추며 뒤를 돌아보았다.

"다들 괜찮으십니까?"

"괜찮습니다. 신경 쓰지 마시죠, 왕자."

빅토르가 답을 내어 주었다. 개운치 않은 눈으로 뒤를 한 번 돌아본 공작이 조용히 중얼거렸다.

"추격자가 없군요."

"남은 사람들이 잘해 주고 있는 것 같습니다."

르웰린이 아무렇게나 답을 내어 주었다. 하지만 미들턴 공작은 여전히 개운치 않은 얼굴이었다.

"그렇다면 다행입니다만……."

"거의 다 왔습니다. 일단은 안전한 곳에 다다른 다음에 이야기 나누시죠. 리에타 왕녀님, 괜찮으십니까? 손잡아 드릴까요?"

르웰린이 자연스레 화제를 돌렸다. 다행히도 미들턴 공작 역시 더 말하지는 않았다.

"아니에요, 괜찮습니다. 혼자 갈 수 있어요."

리에타가 고개를 내저었다.

르웰린은 그녀에게 웃으며 고개를 끄덕여 준 뒤 다시금 걸음을 재촉했다.

전장과는 상당히 멀어졌는지, 더 이상 무기가 부딪치는 소리는 들리지 않았다.

천장이며 벽에 정령이 남겨 둔 흔적의 간격도 점차 좁아지고 있었다.

출구가 가까워지고 있다는 의미였다.

애써 표정 관리를 하고 있었지만, 점점 손아귀가 젖어드는 건 어쩔 수 없었다.

'그래도, 설마.'

설명해 주던 아렌트 역시, 이 작전이 통할 가능성은 절반 정도라고 말했다.

그러니 안전지대에 도달한 뒤에도 방심하지 말고 지켜보라는 당부까지 덧붙였다.

빅토르와 함께 전장을 떠나라는 말을 순순히 따른 것도 그 때문이었다.

"……."

르웰린은 마른침을 삼켰다.

이제 얼마 지나지 않아 결판이 날 것이다.

수로에서 헤매기 시작한 뒤 1시간쯤 지났을까.

먼 곳에 물소리와 함께 희미한 달빛이 보이기 시작했다.

"출구인가요?"

"네, 그렇습니다."

왕비의 질문에 르웰린이 침착하게 답했다.

"그래도 완전히 빠져나갈 때까지는 제 뒤를 따라오세요. 산짐승이나 몬스터가 있을지도 모릅니다."

한 마디 경고를 남긴 르웰린이 천천히 전진했다.

바로 뒤에서 따라오던 빅토르의 걸음이 살짝 느려졌다가, 이내 다시 르웰린과 거리를 좁혀 왔다.

그들은 마침내 지하 수로의 탁한 공기를 벗어나, 왕궁 인근 산의 신선한 공기를 마주할 수 있었다.

"하……!"

차가운 바람을 맞은 리에타 왕녀의 낯에 안도의 빛이 스쳤다. 다른 이들 역시 마찬가지였다.

안전한 곳에 도달했다는 생각에 갑자기 다리가 풀린 건지, 릴리아나 왕비가 비틀거리며 그 자리에 주저앉았다.

"아……."

"전하!"

미들턴 공작이 급히 그녀를 부축했다. 빅토르 역시 놀란 얼굴로 두 사람에게 성큼 다가섰다.

"어머님! 괜찮으십니까?"

"……."

하지만 대답은 들려오지 않았다.

"어머니, 많이 고되셨던……."

반사적으로 그녀를 향해 한 걸음 더 다가서려던 빅토르는, 문득 움직임을 멈췄다.

등 뒤에서 섬뜩한 기척이 느껴졌다.

빅토르의 뒤에서 뭔가를 발견한 미들턴 공작이 경악해 눈을 크게 떴다.

"아……."

빅토르는 반사적으로 뒤를 돌아보았다.

그 직후, 그는 치맛자락에 숨겨뒀던 단도를 꺼내 자신

을 향해 달려드는 비올레타와 눈이 마주쳤다.

가냘픈 손에 들린 단도가 어둠 속에서 유난히도 새하얗게 반짝였다.

공작의 품에 기댄 왕비는 무표정한 얼굴로, 자신의 아들을 차갑게 바라보고 있었다.

심장을 노리는 칼날보다도 더욱 싸늘한 눈빛이었다.

"이리 와!"

르웰린이 아직 상황 판단을 못 한 리에타를 급히 끌어당겨 안았다.

"저하!"

왕비를 밀쳐 낸 공작 역시 급히 왕세자를 향해 달려갔다.

그러나 미들턴 공작이 채 몇 걸음 떼기도 전.

퍽.

어디선가 날아든 화살이, 비올레타의 심장을 정확히 꿰뚫었다.

* * *

"어? 뭐야? 무슨 일이에요?"

리에타 왕녀가 급히 고개를 들려 했지만, 르웰린은 그녀의 머리를 꾹 눌러 다시 자신의 품에 가둬 버렸다.

"미안해요. 가만히 있어요."

지금 그가 할 수 있는 일은 단지 그것뿐이었다.

"……."

천천히 무너진 비올레타의 몸이 그대로 축축한 진흙 위에 쓰러졌다. 빅토르는 그저 서글픈 눈으로 그녀를 내려다볼 뿐이었다.

귀비의 심장에서 쏟아진 새빨간 선혈이 주변을 물들이기 시작했다.

멍하니 있던 루이스가 중얼거렸다.

"어머니……? 형님?"

왕비는 쓰러지는 체하며 미들턴 공작의 발을 묶었고, 그 틈을 노린 귀비가 왕세자를 죽이려 했다.

하지만 숲속 어디선가 날아든 화살이 순식간에 귀비의 목숨을 빼앗았다.

분명 눈으로 모든 것을 확인했음에도, 제대로 이해가 되지 않았다.

루이스는 멍청한 눈으로 빅토르를 바라보았다.

왕세자는 더 이상 눈물도 나지 않는지, 텅 빈 눈으로 왕비를 응시할 뿐이었다.

"……어머니."

그의 목에서 갈라진 음성이 흘러나왔다.

"제가 뭔가를 크게 잘못했던가요? 아니면 어머니는 아직도 아버지를 원망하고 계셨던 건가요?"

어쩐지 허공을 헤매는 것 같은 목소리였다.

일그러진 무대 위에서 〈115〉

공작에게 밀쳐진 왕비는 진흙 속에 주저앉은 채 가만히 고개를 숙이고 있을 뿐이었다.

잠시 후, 릴리아나 왕비가 천천히 고개를 들었다.

"……그저 새로운 시대를 위함이었을 뿐입니다, 왕세자."

그녀의 눈동자는 한 치의 흔들림도 없었다.

방금 귀비와 작당해 자신의 친아들을 죽이려 했으면서도, 그녀에게는 한 치의 후회 따위는 보이지 않았다.

"새로운 시대라."

빅토르가 허탈하게 읊조렸다.

"어머니. 아들의 목숨을 노릴 정도로, 그 새로운 시대란 것이 희망차고 아름다워 보였던가요?

그는 마치 선 채로 목숨을 잃어버린 사람 같았다.

"아니면 그저 새 시대라는 핑계를 대며 아버지를 욕보이고, 나를 죽여 분풀이를 하고 싶었던 건가요? 당신을 왕궁에 가둬 버린 왕실이 그토록 미우셨습니까? 지금껏 단 한 번도 권력을 탐하지 않으셨던 작은 어머니는……."

"……."

"갑자기 생각이 바뀌실 정도로, 체르니온 신에게 심취해 계셨던 거고요?"

르웰린은 그저 입술을 꾹 깨물며, 리에타가 이 처참한 광경을 보지 못하도록 꽉 힘주어 그녀를 안을 뿐이었다.

"어머니는 걸림돌이었던 저와 아버지를 죽이고, 작은

어머니는 루이스를 왕위에 올려 루카인 왕국을 체르니온 신에게 바친다……. 이게 어머니가 바라시던 새로운 시대입니까?"

가만히 듣고만 있던 왕비가 천천히 입을 열었다.

"……저하나 전하께서, 조금만 더 아랫것들의 삶에 관심이 있으셨다면 벌어지지 않았을 일입니다."

여전히 그녀의 음성에는 흔들림이 없었다.

"좀 더 다른 사람을 살펴보고, 타인을 인간으로서 대하셨다면 분명 다른 결과가 나왔을지도 모르지요."

방금 눈앞에서 비올레타가 화살에 맞아 죽었는데도, 그녀는 일말의 위기감조차 느끼지 못하는 것 같았다.

"루체 님도, 전하도, 그리고 내 아들이신 저하도. 무심하시긴 마찬가지셨습니다."

원념도, 하다못해 원망도 느껴지지 않는 서늘한 눈으로 자신의 아들을 가만히 바라볼 뿐이었다.

"그렇다면 나의 소원에 귀 기울여 주시는 분께 몸을 의탁하는 수밖에 없지요."

"그랬군요. 무심했다라……."

그녀의 말을 따라 읊던 빅토르가 헛웃음을 터뜨렸다.

"옳으신 말씀입니다. 그것이 저와 전하의 죄로군요."

텅 비어 버린 눈동자가 왕비를 향했다.

숲 곳곳에 숨어 있던 엘프 궁수들이 하나둘씩 모습을 드러내기 시작했다.

세일럼 역시 궁수들 사이에서 안타까운 얼굴로 빅토르를 가만히 바라보고 있었다.

"……하지만 어머니."

빅토르가 느릿느릿 말했다.

"바라는 게 있으셨더라면, 한 번쯤은 제게 말씀해 주셨어야지……. 루체 님은 멀리 계셨지만, 저는 항상 어머니의 곁에 있었습니다. 저라면 어머니의 소원을 이뤄 드릴 수 있었을지도 몰랐을 텐데요."

주먹을 한 번 꾹 쥐었던 빅토르가 이내 온몸에서 힘을 뺐다.

"아버지와 싸워서라도, 어머니께서 왕궁 밖으로 나가 자유롭게 살 수 있도록, 그리 도와 드릴 수 있었을지도 모릅니다."

어깨가 아래로 툭 떨어졌다.

"차라리 **뺨**이라도 한 대 치시지 그러셨습니까. 저 때문에 갑갑한 왕궁에 갇혀 버렸으니, 책임지라고."

하지만 다 헛된 이야기였다.

왕국은 이미 뒤집혔고, 국왕과 귀비는 목숨을 잃었다.

자신이 감히 국왕의 뜻에 반발할 수 있을 정도로 듬직한 아들이 아니라는 것은 스스로가 가장 잘 알았다.

자신은 숙부와도 스스로 오해를 풀지 못해 르웰린 왕자와 아렌트를 왕국까지 끌어들인 인간이니까.

"저는 이제 어쩌라고……."

빅토르는 슬픔을 견디지 못하고 얼굴을 양손에 파묻었다.

"두 동생을 어찌 보고 살라고, 두 분께서 제게 이러십니까……."

결국, 흘러넘친 눈물이 뚝뚝 떨어지기 시작했다.

빅토르는 가장 사랑했던 모친에게 배신당했고, 아무것도 모르던 루이스와 리에타는 순식간에 양친을 잃었다.

"……."

루이스는 넋이 나간 얼굴로 쓰러진 비올레타와 그녀의 시신이 꽉 쥐고 있는 단도를 바라보고 있었다.

그 사실이, 빅토르는 괴로워서 미칠 것 같았다.

차라리 이곳에서 자신이 숨이 끊어졌더라면 더욱 편했을 것 같았다.

'분명 이건 나의 몫이지만…….'

단순한 함정이었다.

이들 중 숨어 있을 배후에게, 빅토르를 죽일 수 있는 딱 한 번의 기회를 준 것이다.

왕궁은 이미 빅토르가 장악했기에 함부로 움직이기 힘들었다.

그리고 지하 수로를 따라가는 와중에는, 얌전히 르웰린의 뒤를 따를 수밖에 없을 것이다.

평생을 왕궁에서 지낸 그들이 모험가의 안내 없이 복잡한 수로를 빠져나가기란 불가능한 일이니까.

그렇다면, 적이 빅토르를 노릴 수 있는 시점은 막 왕궁에서 벗어나 수로를 빠져나간 순간뿐이라는 게 아렌트의 설명이었다.

"그리고 본인들에게 국왕 시해 혐의가 있다는 걸 아는 이상, 칼리온 제국의 진영에 합류한다면 그 뒤는 더 이상 기회를 노리기 힘들 겁니다. 루체 신을 배신한 몸이니 신성제국의 영역 내부에 들어가는 것도 내키지 않을 테고요."

차분히 설명을 이어 가던 아렌트의 목소리가 귀에 선했다.

"저하를 죽이는 데만 성공한다면, 미들턴 공작은 왕가의 핏줄을 지키기 위해서라도 자신들의 편으로 돌아설지 모른다……. 그리 여기는 것도 이상한 일은 아닙니다. 공작님은 왕실에 충성하는 사람이니까요. 물론 확실하지는 않습니다. 단지 가능성에 대해 말씀드리는 겁니다. 르웰린 왕자가 동행하니, 함부로 움직이지 않을 수도 있으니까요."

그리고 왕비와 귀비는 보기 좋게 그의 함정에 걸려들었다.

미끼는 다름 아닌 빅토르였고.

아렌트 폰 에크하르트는 몇 번이고 물었다.

정말로 감당할 수 있겠느냐고.

여차하면 아렌트 자신이 빅토르로 위장해 이들과 함께

하겠다고 제안하기까지 했다.

그러나 빅토르는 거절했다.

직접 두 눈으로 확인하고 싶었던 탓이었다.

이 모든 게 오해였고, 왕에게 해코지한 자는 따로 있으며, 자신이 사랑하는 이들은 모두 결백하다고.

그 대가가 바로 이것이었다.

"……형님. 정말로 죄송한 말씀입니다만, 아직 이 근처는 위험합니다."

가만히 지켜보던 르웰린이 운을 뗐다. 조심스럽게 다가온 엘프 전사들이 왕비를 제압해 일으켜 세웠다.

르웰린이 부드럽게 빅토르를 재촉했다.

"일단은 안전한 곳으로 모시겠습니다. 가시죠. 루이스 왕자, 왕녀를 부탁합니다."

"……예."

금방이라도 쓰러질 것 같은 얼굴이었지만, 루이스는 선선히 고개를 끄덕였다.

리에타를 루이스에게 넘겨 준 르웰린은 빅토르의 어깨를 조심스럽게 잡아당겼다.

"형님. 가셔야 합니다."

"……네. 왕자. 죄송합니다."

그제야 빅토르가 천천히 고개를 끄덕였다. 비척비척 르웰린을 따라 돌아서던 빅토르는, 문득 루이스와 시선을 마주쳤다.

급히 그의 시선을 피한 루이스는 리에타가 모친의 시신을 보지 못하도록 꽉 껴안았다.
"먼저 가겠습니다."
　루이스는 급하게 먼저 자리를 벗어나 버렸다.
　그의 뒷모습을 멍하니 보던 빅토르가 입을 달싹였다.
"르웰린 왕자. 나는 뭔가를 잘못했던 걸까요?"
"……아닙니다."
　잠깐 뜸을 들이던 르웰린이 대답했다.
"형님께선 잘못하신 것이 없습니다."
　하지만 그의 목소리는 빅토르에게 채 닿지 않는 것 같았다.
　빅토르는 아무런 대꾸도 하지 않은 채, 비틀비틀 걸음을 옮기기 시작했다.
　왕실 내에 숨어 있던 흑막을 밝혀 낸 것으로, 빅토르의 역할은 끝났다.
　이제 그는 일그러진 무대 위에서 잠시 퇴장할 시간이었다.

　　　　　＊　＊　＊

"……역시 이렇게 되는군."
　한동안 침묵하던 로저가 입을 열었다.
　그의 곁에 그림자처럼 서 있던 아인이 고개를 숙였다.

"루카인 왕국을 장악하는 것은 실패한 것으로 보입니다."

"하아······. 진에게 맡겼던 것이 실수였나."

로저가 짧게 한숨을 내쉬었다.

하지만 이제 와서 진을 탓할 수는 없었다. 분명 시작은 나쁘지 않았으니까.

왕국의 기반이 되는 평범한 민간인들부터 시작해 차근차근 어둠으로 물들여 간다.

지금까지의 실패를 발판 삼아, 그들은 차분히 루카인 왕국을 삼켜 갔다.

왕비와 귀비마저도 귀의했다며 신나게 떠들어대던 진은, 성공이 코앞에 있다며 잔뜩 들떠 있었다.

'국왕은 결국 넘어오지 않았지만······.'

왕비의 협조로 국왕을 구울로 만들 수 있었으니, 로저 역시 상황을 제법 긍정적으로 보고 있었다.

다른 이변만 없었더라면 조만간 루카인 왕국 전체가 체르니온 교의 거점이 될 수 있었을 텐데.

'에버란 왕국의 왕자가 왕국에 들어갔을 때부터인가.'

로저의 눈이 스산하게 가라앉았다.

르웰린 왕자가 루카인 왕국 내에서 목격되었다는 소식에, 로저는 촉각을 곤두세우고 있었다.

거기다가 왕궁 내부에서 본인들은 계획한 적 없는 습격 사건까지 벌어졌다.

그때부터 뭔가 잘못되어 간다는 것을 직감했으나…….

가장 요주의 인물이라 여기는 아렌트 폰 에크하르트가 칼리온 제국에 머무는 것이 확인되며 잠시나마 방심하고 말았다.

게다가 르웰린 왕자의 곁에는 어쩐 이유에서인지 렉시온이 함께 하는 것 같았으니까.

'안일했군.'

화가 치밀어 올라야 정상이었지만, 로저는 오히려 머리가 차분해지는 것을 느꼈다.

어차피 망가진 판은 어쩔 수 없다.

그리고 아름다운 어둠을 모시는 그들의 지혜로운 수장은, 이미 한참 전부터 다른 방법을 마련하고 있었던 듯했으니까.

로저는 시선을 아래로 떨어뜨렸다.

로사리오를 팔찌처럼 휘감은 손 위에 작은 쪽지 하나가 소중히 쥐여져 있었다.

그것을 발견한 아인이 조심스레 물었다.

"니케포르 님의 전언입니까?"

"그래."

로저가 담담히 대답했다.

"준비해라, 아인. 진에게도 연락해. 이미 니케포르 님은 준비를 마치셨다는 듯하다."

출정 명령이었다. 아인의 얼굴이 딱딱하게 굳었다.

"명 받들겠습니다."

로저가 힘주어 말했다.

"반드시 왕국을 손에 넣는다."

이왕이면 온전한 상태로, 국민의 신뢰와 신앙까지 체르니온 신에게 안겨 줄 생각이었다.

그러나 일이 이렇게 된 이상, 필요 이상으로 자비를 보일 필요는 없었다.

* * *

라이오스의 검과 호문쿨루스의 거대한 팔이 정면으로 맞부딪쳤다.

쿠우웅.

육중한 울림이 허공을 뒤흔들더니, 이내 충격파가 한바탕 주변을 휩쓸었다.

"와……."

구울을 상대하던 글렌이 저도 모르게 탄식을 흘렸다.

거대한 호문쿨루스는 숙련된 기사들조차도 한순간 움츠러들 정도로 흉포한 기운을 내뿜었다.

하지만 라이오스는 한 치의 흔들림도 없이, 단신으로 그 괴물을 상대하고 있었다.

호문쿨루스의 기다란 팔을 막아 낸 성검에 라이오스의 검기가 깃들었다. 동시에 아티팩트, '강한 자의 그림자'역시 발동되었다.

"……."

한동안 팽팽한 대치 상태가 이어지다, 호문쿨루스가 뒤로 밀려나며 균형을 잃었다.

라이오스는 그 틈을 놓치지 않고, 검을 있는 힘껏 휘둘렀다.

쿠웅!

호문쿨루스의 팔이 튕겨져 나가며, 거대한 신체가 한순간 균형을 잃어버렸다.

검에 깃든 새하얀 신성력이 밤하늘을 갈랐다.

서걱!

살벌한 소리와 함께 호문쿨루스의 상반신에 커다란 상흔이 새겨졌다.

그 충격에 호문쿨루스가 한 걸음 더 물러나나 싶더니, 이내 다시 균형을 잡고 다른 쪽 팔로 반격을 가했다.

날카로운 손톱이 라이오스를 향해 똑바로 날아들었다.

하지만 라이오스는 이미 뒤로 훌쩍 도약해 자리를 피한 뒤였다.

콰드득, 거대한 손이 지면을 파고들며 파편이 사방으로 튀었다.

라이오스는 다시 지면을 박차고 적을 향해 돌진했다.

놈의 팔을 발받침 삼아 훌쩍 도약한 라이오스는 다시금 검에 신성력을 끌어올렸다.

검기와 신성력, 그리고 아티팩트의 힘까지 깃든 검이 잘게 진동했다.

호문쿨루스가 고개를 돌려 텅 빈 눈동자로 라이오스를 포착해 냈다. 그와 거의 동시에, 라이오스가 검을 내려쳤다.

콰아앙!

다시 한번 파공음이 공기를 갈랐다.

구울을 상대하던 기사들이 저도 모르게 고개를 들어 라이오스를 보았다.

"……와아."

라이더의 입에서도 순수한 감탄사가 터져 나왔다.

순식간에 한쪽 팔을 잃은 호문쿨루스가 텅 빈 눈동자로 라이오스를 내려다보고 있었다.

자신이 만들어 낸 돌풍 속에 홀연히 선 라이오스의 모습은 고고하다 못해 성스럽게 보였다.

적을 똑바로 마주한 새파란 눈동자가 유난히도 선명한 빛을 머금고 있었다.

성검을 휘감은 신성력의 영향이었다.

기사들을 지독히도 골치 아프게 만들던 호문쿨루스 특유의 재생 능력도 성검 앞에서는 무력한 듯했다.

'어찌 칭송하지 않을 수 있을까.'

신의 선택을 받아 오로지 악적만을 가르는 영웅을.

벅찬 기색이나 두려움도 보이지 않았다. 부하들을 등 뒤에 둔 라이오스는 그저 자신이 해야 할 일이라는 듯,

묵묵히 최전선에서 가장 강한 적을 상대할 뿐이었다.

호문쿨루스가 다시 움직이기 시작하자, 라이오스 역시 곧바로 응대했다.

홀린 듯 그를 멍하니 보던 라이더는, 라이오스가 입술이 벌어지는 것을 보았다.

루체 신을 향한 기도가 흘러나올까, 그는 저도 모르게 그리 생각했다.

하지만 그의 예상과는 전혀 다른 한 마디가 흘러나왔다.

"정신 차리고 눈앞에 집중해라. 이곳은 전장이다."

단호한 목소리가 황홀경에 취해 있던 이들을 한순간에 현실로 끌어내렸다.

"……!"

몽롱하던 머릿속에 찬물이 끼얹어지는 것 같았다.

퍼뜩 정신을 차리고 다시 전장으로 시선을 돌리자, 온갖 추악한 괴물들이 저마다 아가리를 벌리며 기사들을 향해 달려들고 있었다.

라이오스는 속으로 혀를 차고 서늘한 눈으로 호문쿨루스를 보았다.

기사들이 자신을 어떤 시선으로 보고 있었는지, 그는 지나칠 정도로 잘 알았다.

'힘은 그저 힘일 뿐이다.'

건방진 견습 기사가 이 자리에 있었다면, 분명 그리 말했을 것이다.

성검마저도 적을 없애기 위한 하나의 도구일 뿐이니, 착각하지 말라고.

'시간이 없어.'

점점 초조해지고 있었다.

아서와 리히트를 보내두긴 했지만, 라이오스는 어쩐지 마음이 놓이지 않았다.

라이오스는 다시금 마력을 끌어올렸다.

쿠우웅!

호문쿨루스가 그를 향해 묵직한 걸음을 옮기더니, 남은 한쪽 팔을 휘둘렀다.

콰아앙!

라이오스가 몸을 굴려 피하자마자 지면에 공격이 꽂히며 먼지가 자욱하게 일었다.

한순간 시야가 가려 멈칫한 라이오스는, 바로 옆에서 날아드는 공격을 감지하고 검을 치켜들었다.

콰아앙!

"큭……!"

몸이 뒤로 주욱 밀려나며, 내장이 뒤흔들리는 듯한 엄청난 충격이 몸을 훑었다. 하지만 라이오스는 어떻게든 두 다리로 꼿꼿이 버티고 섰다.

먼지가 걷히며, 늑대를 닮은 네발짐승으로 모습을 바꾼 호문쿨루스가 시야에 들어왔다.

"크르륵……."

잘려나간 팔을 재생시키지 못한 탓인지 체격은 아까보다 확연히 줄어 있었다.

라이오스가 새긴 상체의 상흔 역시 늑대의 등에 선명히 남아 있었다.

역시 성검에 당한 상처는 재생하지 못하는 듯했다.

"기사단, 들어라."

검을 고쳐 쥔 라이오스가 목소리 높여 외쳤다.

"최대한 빨리 정리하고, 다음 기습에 대비한다."

"예!"

우렁찬 대답이 들려왔다.

* * *

렉시온은 자신의 손아귀에 들어온 작은 생물을 내려다보았다.

"어디까지 쪼개지나 확인하고 싶었을 뿐인데."

태평한 음성과는 썩 어울리지 않게도, 렉시온이 딛고 선 주위는 커다란 폭약이라도 떨어진 것처럼 처참했다.

형체를 알아볼 수 없을 정도로 산산 조각난 구울들의 파편이 대지를 붉게 물들이고 있었고, 호문쿨루스의 잘려 나간 잔해가 새파란 화염에 휩싸여 사방에서 불타오르고 있었다.

"이 정도 표본이면 그 미친 백작도 흡족해하겠군."

손바닥만 한 작은 덩어리가 되어서도, 호문쿨루스는 여전히 살아 있었다.

꿈틀대며 작은 쥐처럼 형태를 바꾼 그것은 렉시온의 손가락을 깨물려 애쓰고 있었다. 렉시온은 쯧 혀를 차고 그것을 허공에 휙 던져 버렸다.

마치 어둠에 잡아먹히는 것처럼, 호문쿨루스가 모습을 감췄다.

렉시온이 마법으로 만들어 낸 아공간에 갇힌 것이다.

'일단 잔챙이는 다 처리했고…….'

엘프들은 좀 애먹겠지만, 영웅이라면 이 정도쯤은 수월하게 정리해 낼 터였다.

그렇다면 아렌트가 부탁한 일을 먼저 하는 편이 나을 것 같았다.

"쯧. 어쩌다가 애새끼 심부름이나 하는 처지가 됐는지."

짧게 투덜거리면서도 렉시온은 곧장 텔레포트를 시전했다.

목적이야 어쨌든, 피해자를 최대한 줄이겠다는 마음이 기특하니 들어주지 않을 이유도 없었다.

* * *

아렌트는 밤하늘을 올려다보며 시간을 가늠해 보았다.

아직 해가 뜨려면 시간이 좀 남았지만, 그렇다고 여유가 있다는 건 아니었다.

"진짜 귀찮게 하네."

서걱!

혀를 한 번 찬 아렌트는 옆에서 달려드는 적을 보지도 않고 베어 버렸다.

적은 비명도 지르지 못하고 쓰러졌다.

아렌트는 곁에서 싸우는 리히트와 아서를 내버려둔 채 훌쩍 도약해 전장을 벗어났다.

"야, 어디 가?"

아서가 급히 물었지만, 당연히 무시해 버렸다.

날렵한 움직임으로 순식간에 성벽 높은 곳까지 올라선 아렌트는 전장을 내려다보았다.

새카만 밤하늘 아래에 횃불이 어지러이 뒤엉켰다.

아렌트를 뒤따라 오려던 아서는 연신 달려드는 적들 때문에 포기하고 다시 전투에 집중하고 있었고, 리히트 역시 어지럽게 뒤엉킨 병력 사이에서 순조롭게 적을 줄여 나가고 있었다.

이곳저곳에 널린 시신과 부상자들을 확인한 아렌트가 살짝 눈살을 찌푸렸다.

'생각보다 아군 손실이 큰 것 같은데.'

그나마 체르니온 교 놈들이 자신을 향해 집중하기 시작했으니, 아군끼리 죽고 죽이는 일은 벌어지지 않은 것 같았다.

'그래도 이 정도면 남은 건 왕실 기사단이 정리할 수 있을 것 같고.'

그때, 아렌트가 홀로 떨어져 있는 걸 확인한 적이 외쳤다.

"저기 있다!"

동시에 쐐애액, 뭔가가 날아드는 살벌한 소리가 귓가에 들려왔다.

아렌트가 고개를 살짝 틀자마자, 어디선가 발사된 화살이 뺨 옆을 스쳐 지나갔다.

"저것들은 학습 능력도 없나."

아렌트가 투덜댔다.

자신들이 어찌해 볼 수 있는 상대가 아니라는 걸 이미 뼈저리게 깨달았을 텐데도, 적들은 끈덕지게 달려들고 있었다.

'아티팩트를 쓰면 그래도 몇은 전의가 꺾일 줄 알았더니.'

아무래도 생각한 만큼 호락호락하지 않은 모양이었다.

주변을 둘러보던 아렌트는 본궁의 옥상에서 자신을 겨누고 있는 궁수들을 발견했다.

"위험하니까 내려와, 새끼야!"

그때, 아래에서 아서가 버럭 소리를 질렀다. 아렌트는 대충 귀를 후벼 파는 시늉을 해 보였다.

"어디서 선배가 짖나."

"너 진짜 뒈지고 싶냐?"

"할 수 있으면 해 보시던가요."

심드렁하게 대꾸한 아렌트는 한동안 그 자리에 우뚝 서서 움직이지 않았다.

더 많은 적들이 그가 있는 곳을 향해 꾸역꾸역 밀려들기 시작했다.

완전히 포위당한 꼴이었지만, 아렌트는 아랑곳하지 않았다.

아렌트를 가장 중앙에 두고 전선이 명확하게 갈라졌다.

덕분에 왕실 기사단과 병사들은 적과 아군을 쉽게 판별해낼 수 있었다.

그를 죽이려는 적들과 반역자들을 처리하는 왕실 기사단과 병사들이 치열한 공방전이 벌어졌다.

"아오, 지지리도 말 안 듣는 새끼!"

"그만 열 내고 집중해라. 네 말을 들을 놈이었으면 우리가 지금껏 속 썩지도 않았다."

아서와 리히트가 더욱 바빠졌다는 건 두말 할 필요도 없었고.

피이잉!

그때, 대기하던 궁수들이 일제히 화살을 쏘았다.

아렌트는 간단히 검을 한 번 휘두르는 것으로 화살을

모조리 다 쳐냈다.

그리고는 무심한 눈으로 에드거를 힐끗 보았다.

"올라가서 궁수를 처리해!"

"예!"

아렌트의 의도를 읽어낸 기사단장이 부하들에게 명령했다.

아렌트는 그제야 만족하고 밤하늘 쪽으로 시선을 돌렸다.

희뿌연 달이 어둠 속에서 불길한 빛을 뿜어냈다.

'아직인가?'

잠시 후.

아렌트는 밤하늘 저편에서 날아오는 작은 빛 덩어리를 발견했다.

아렌트의 입가에 슬쩍 미소가 스쳤다.

세일럼의 정령이었다.

빠르게 날갯짓해 다가온 정령은 몇 번 주변을 맴돌다 오른쪽 어깨에 사뿐히 내려앉았다.

사전에 미리 정해 둔 신호였다.

왼쪽 어깨는 안전한 곳으로 이동 완료했지만, 왕실의 배후는 밝히지 못했다.

머리 위는 비상 상황이 발생했다.

그리고 오른쪽 어깨는…….

"흑막이 밝혀졌고, 나머지는 모두 안전한 곳으로 이동

했다고?"

아렌트의 물음에, 비둘기를 닮은 정령이 그렇다는 듯 고개를 끄덕여 주었다.

"호문쿨루스들은?"

정령이 고개를 내젓고는 작은 부리로 아렌트를 두 번 쪼았다.

"……두 체 남았다고? 그러면 렉시온 님은?"

이번에는 작은 고개가 끄덕여졌다.

렉시온은 진즉 호문쿨루스를 정리하고, 아렌트가 부탁한 일까지 완벽하게 수행해냈다는 뜻이었다.

"은근슬쩍 쓸모 많은 도마뱀이라니까."

그렇게 중얼거렸지만, 정작 아렌트는 썩 개운한 표정은 아니었다.

흑막이 밝혀졌다는 건 빅토르가 필연적인 비극을 맞이했다는 의미니까.

하지만 지금은 상념에 잠길 때가 아니었다.

'어쨌든 이제 민간인들은 안전하다는 거지.'

왕궁 근처 사람들은 근처 평야에 대피시켜 둔 상태였다. 하지만 그걸로는 안심할 수 없어, 아렌트는 렉시온에게 조치를 부탁했다.

어디론가 한꺼번에 옮기는 것은 불가능하니, 결계를 치고 환영 마법을 걸어 적들의 눈에 띄지 않도록 해 둔 거였다.

"알았으니까 이제 돌아가. 이쪽도 곧 정리될 거라고 알려주고."

아렌트가 손을 휘휘 내젓자 정령은 미련 없이 포르르 날아올랐다.

세일럼이 부탁해 여기까지 오긴 했지만, 자신이 싫어하는 사람 옆에는 한시라도 더 있기 싫다는 것 같았다.

하지만 그대로 떠날 것 같던 정령은 주변을 한 바퀴 돌더니 다시 돌아왔다.

"뭐야, 왜 안 가는……."

눈살을 찌푸리던 아렌트는 이내 왕성 저편에서 이쪽을 향해 접근하는 한 무리를 발견했다.

르웰린, 빅토르와 함께 있어야 할 세일럼이 엘프 전사들과 함께 빠른 속도로 왕궁을 향해 다가오고 있었다.

그리고 다른 쪽에서는 라이오스가 이끄는 3기사단이 온몸에 구울의 피를 덕지덕지 묻힌 채 왕궁을 향해 진격하는 중이었다.

"얼씨구."

어처구니없이 중얼댄 아렌트는 다시금 전황을 확인하려 했다.

그때, 머리 바로 위에서 뜬금없는 살기가 느껴졌다. 난입해 온 인기척을 알아차린 리히트가 고함을 질렀다.

"아렌트! 피해라!"

아렌트는 반사적으로 몸을 옆으로 날렸다.

콰아앙!

화염을 휘감은 검이 그가 방금까지 딛고 있던 바닥을 박살 냈다.

사방으로 파편이 튀며 불똥이 흩날렸지만, 아렌트는 놀란 기색도 없이 훌쩍 뒤로 도약해 거리를 벌렸다.

다른 적에게 집중하던 아서가 놀라 외쳤다.

"야, 괜찮냐?"

그저 스산하게 가라앉은 눈으로 무대 위에 난입한 악역을 물끄러미 응시할 뿐이었다.

자욱한 먼지가 걷히며 적이 모습을 드러냈다.

가면 너머의 눈동자가 스산하게 반짝였다.

"또 만나는군, 견습 기사."

로저였다.

* * *

자신이 파괴한 자리를 딛고, 로저가 천천히 몸을 일으켜 세웠다.

살벌한 화염이 마치 그를 호위하듯 밤하늘 아래에서 강하게 일렁였다. 타는 듯한 열기가 닿는 느낌에, 아렌트는 살짝 인상을 찌푸렸다.

마치 늑대의 앞발과도 닮은 한쪽 팔을 발견한 아렌트가 피식 웃었다.

"이야, 좀 더 멋진 꼴이 됐네. 그 팔은 누구한테 선물받았나?"

"이것 역시 체르니온 님의 은총이다."

로저가 특유의 무미건조한 목소리로 대답하자, 아렌트는 삐딱하게 서서 비웃음을 터뜨렸다.

"은총이라……. 어느 애새끼 엘프의 허접한 장난질이 아니라?"

"그대 같은 불신자는 이해하지 못하겠지."

그런 도발에도 로저는 그저 가면 너머에서 아렌트를 가만히 응시할 뿐이었다.

"나만이 아니라, 그대 역시 더욱 추악한 몸이 되었군."

"다시 봐도 잘생겼지? 나도 알아."

아렌트가 어깨를 으쓱하는 것을 보며, 로저는 잠시 침묵했다.

가면 때문에 얼굴은 확인할 수 없었지만, 아렌트는 그가 표정을 짓고 있을지 어렵잖게 짐작할 수 있었다.

아니나 다를까, 대강 예상했던 대답이 흘러나왔다.

"……본인을 한 번 죽일 뻔한 자를 눈앞에 두고도, 뻔뻔하기 그지없군. 혹시 기억을 못 하는 건가."

"그럴 리가. 덕분에 아직도 거창한 흉터가 남아 있거든. 여기."

아렌트는 씨익 웃으며 자신의 가슴께를 톡톡 두드려 보였다.

일그러진 무대 위에서 〈139〉

"근데 못 죽였잖아?"

로저가 멈칫했다.

반달 모양으로 휜 황금색 눈동자가 어둠 속에서 유난히도 도드라졌다.

"나야말로 묻고 싶은데. 한 번 놓친 쥐새끼가 팔팔하게 살아 날뛰고 있잖아. 기분이 어때?"

아렌트는 보란 듯이 양팔을 벌리며 짐짓 쾌활하게 말했다.

"그리고 슬슬 짐작한 거 아냐? 이 개판을 만든 게 나라는 걸. 그때 제대로 죽이지 그랬어? 일 처리만 제대로 했어도 이렇게 험한 꼴 볼 일 없었을 텐데."

"……그대 말이 옳다. 그건 분명 내 실책이었다."

무뚝뚝한 대꾸가 돌아왔다. 하지만 차분한 음성과는 달리, 로저의 주변을 휘감은 불길은 한층 더 거세졌다.

가면 너머의 눈동자가 조용한 살기를 품었다.

"사지를 베어 없애고, 잘난 척 떠들어대는 그 목을 잘라 체르니온 님과 성녀님 앞에 진상했어야 하거늘."

"내 목이 이렇게까지 인기가 많아질 줄은 미처 몰랐네. 그런데 유감스러워서 어쩌나?"

아렌트가 피식 웃음을 터뜨렸다.

"변태 가면이나 시궁쥐 같은 신한테 내어 주기엔 좀 아까운데. 갖고 싶으면 그 망할 신한테 직접 찾아와서 무릎 꿇고 빌어 보라고 해."

검을 쥔 로저의 손에 꽉 힘이 들어갔다. 그를 중심으로 살기가 더욱 짙어졌지만, 아렌트는 말을 멈추지 않았다.

"뭐, 그래도 안 줄 거지만. 이왕 찾아온 거, 선물 삼아 진흙 발로 그 못생긴 면상을 밟아 줄 수는 있어."

아렌트의 입가에 드리운 미소가 비틀렸다.

"야. 너네 신이 어떤 꼴인지, 혹시 구경해 본 적 있나?"

"……아무래도 단단히 미친 것 같군."

가만히 듣고만 있던 로저가 걸음을 옮겼다. 그와의 거리가 좁혀지자, 열기가 한층 더 생생히 끼쳐왔다.

"겁에 질린 짐승일수록 몸을 부풀리고 사납게 짖는 법이지. 두려운가?"

"나? 아니."

아렌트가 피식 웃음을 터뜨렸.

샛노란 눈동자에 뭐라 형언할 수 없는 빛이 깃들었다.

"그저 환장할 정도로 증오스러울 뿐이야. 질척대는 어둠 새끼든, 또라이 같은 빛이든."

"……"

로저는 한동안 그를 가만히 응시하기만 했다. 마치 그의 진심을 꿰뚫어 보고 싶기라도 한 것처럼.

"검을 들어라, 아렌트 경."

그가 다시 입을 열었다.

"그대의 번뇌를 이곳에서 끝내 주지. 불신자인 그대가 안식을 찾을 수 있을지는 모르겠지만."

"안식은 지랄. 이거 전에도 한 번 말했던 것 같은데."

견습 기사의 미소가 더욱 진해졌다.

"내 안식은 내가 알아서 찾는다고. 빌어 처먹을 것들이 감히 어디서 참견이야?"

조용히 냉기가 드리우며 아렌트를 중심으로 흰 서리가 내려앉기 시작했다. 새하얗게 얼어붙은 검을 본 로저는 더 이상 망설이지 않았다.

한순간 로저의 신형이 사라졌다. 로저는 눈 깜짝할 사이에 코앞까지 접근해 검을 내려쳤다.

카아앙!

하지만 그의 검을 받아 낸 건 아렌트가 아니었다.

어느새 다가온 리히트가 불쑥 끼어든 거였다.

"……!"

강한 충격에 리히트가 얼굴을 구겼다.

곧장 반격을 가하려던 로저는 뒤에서 쇄도하는 검을 감지해 냈다.

리히트를 주저 없이 쳐낸 로저는 털로 뒤덮인 팔을 휘둘렀다.

카아앙!

날카로운 손톱과 아서의 검이 정면으로 부딪쳤다.

아서는 잠시 얼굴을 일그러뜨렸지만, 억지로 버티지 않고 훌쩍 뛰어 아렌트의 곁에 합류했다.

"너 진짜 죽고 싶어서 환장했냐? 왜 또 도발하고 난리야?"

"오랜만에 보니 반갑잖아요. 그래서 속 좀 긁어 준 것뿐인데요."

아렌트가 어깨를 으쓱하자 리히트가 질색했다.

"진짜 정신 나간 놈……. 지금 그런 소리가 나오나?"

"내가 뭘 어쨌다고."

"좀 닥쳐, 이 새끼야! 짜증 나서 미칠 것 같으니까."

아서가 버럭 소리를 질렀다.

대신전에서 아렌트를 잃을 뻔했던 기억은 아직도 두 사람의 뇌리에 생생히 박혀 있었다.

싸늘하게 식어 가던 체온, 유난히도 진한 피비린내, 그리고 완전히 이성을 잃었던 라이오스까지.

그런데도 죽다 살아난 당사자는 위기감은커녕 헛소리나 늘어놓고 있으니, 두 사람은 속에 천불이 날 수밖에 없었다.

"어쨌든, 잔챙이는 잔챙이한테 맡겨 두고. 거물은 잘난 사람이 상대하죠."

하지만 아렌트는 여전히 아랑곳하지 않았다.

그는 씨익 웃으며 서리 어린 손길의 힘을 더욱 끌어올렸다.

로저가 음산하게 읊조렸다.

"그대는 날 이길 수 없다."

불길이 한층 더 거세졌다. 그러나 열기는 곧 새하얀 서리와 만나 미처 아렌트와 아서, 리히트에게는 닿지 못하고 사그라들었다.

"글쎄. 그건 안 해보면 모르는 일이지."

아렌트가 빈정대는 목소리에, 리히트와 아서는 더욱 온몸의 신경을 곤두세웠다.

얼핏 느긋한 듯 보였지만 잔뜩 날이 선 음성이, 아렌트가 로저에게 가진 적의를 고스란히 비쳐 내고 있었다.

로저 역시 언제든 세 사람의 공격을 받아 낼 수 있도록 조용히 온몸의 감각을 일깨우고 있었다.

하지만.

"그런데……."

아렌트가 천연덕스럽게 툭 내뱉었다.

"굳이 체험해 볼 필요는 딱히 없지 않나?"

순간 아서와 리히트는 얼빠진 눈으로 후배를 돌아보았다. 일순 넋이 나간 건 로저 역시 마찬가지였다.

그 시선들을 한몸에 받아들이며, 아렌트가 덧붙였다.

"미치지 않고서야, 사서 고생할 필요는 없죠. 저 먼저 튑니다. 선배들은 싸우든 말든 알아서 하세요."

그리고 아렌트는 정말로 성벽 아래로 훌쩍 뛰어내려 버렸다. 왕궁에서 미련 없이 등을 돌린 아렌트는 유유히 그 자리를 벗어나 버렸다.

남겨진 이들은 한동안 멍하니 그 자리를 지키고 있을 뿐이었다.

그러나 잠시 후.

"저 미친 새끼가 진짜!"

아서가 먼저 욕설을 토해 내며 아렌트의 뒤를 따랐다. 리히트 역시 마찬가지였다.

그리고 혼자 남게 된 로저는, 한 박자 늦게 익숙지 않은 마력을 감지했다.

"……!"

로저가 반사적으로 크게 도약하자마자.

콰아아앙!

발아래에서 거대한 폭발이 일었다.

그렇잖아도 엉망이 되었던 성벽이 순식간에 가루가 나며 무너졌다.

"이런."

혀를 찬 로저는 바닥에 착지하자마자 머리 위로 쏟아지는 파편들을 급히 쳐내고 고개를 들었다.

이윽고 검은 날개를 펼친 존재가 눈에 들어왔다.

그를 향해 기습을 퍼부은 장본인, 드래곤 렉시온이었다.

"……."

렉시온은 새빨간 눈동자로 로저를 가만히 내려다보았다.

마치 왕궁 안으로 그가 접근하는 것을 허락지 않겠다는 것처럼.

로저는 얼굴을 딱딱하게 굳혔다.

'어느새…….'

그가 왕궁 안으로 한 발이라도 들이는 순간, 렉시온의 마법이 날아들 게 분명했다.

아렌트가 미련 없이 돌아설 수 있었던 이유 역시 짐작할 수 있었다.

왕궁 안으로 쳐들어가는 것은 원천 차단당하고 말았으니, 결국 로저에게 남은 선택지는 하나뿐이었다.

로저가 언짢게 혀를 찼다.

"……골치 아픈 애새끼로군."

* * *

"너는 진짜, 제발, 좀! 이 새끼야!"

뒤를 따라오던 아서가 발광했다.

"무슨 짓을 할 거면 말이라도 하라고, 제발!"

하지만 아렌트는 여전히 태연할 뿐이었다.

"내가 뭘 했다고. 그러는 선배는 뭔 줄 알고 따라오는 건데요?"

"사람이 이렇게까지 한결같을 수가 있나!"

리히트가 질린 목소리로 중얼대자 늘 듣던 헛소리가 돌아왔다.

"한결같이 잘났죠."

"……."

그냥 두 사람은 입을 다물어 버리기로 했다. 얼마 지나지 않아 추격해 오는 로저의 기척이 느껴졌다. 뒤를 힐끗 본 아렌트가 말했다.

"렉시온 님이 왕궁을 지켜 주실 겁니다. 안의 잔챙이들은 이제 에드거 단장이 알아서 정리할 수 있을 테고."

"그럼 저 괴물 새끼를 너 혼자 상대할 생각이었냐?"

"그럴 리가요. 전 그런 취미 없습니다."

아서의 말에 아렌트가 딱 잘라 대꾸했다.

"애초에 여기에 나타날 거라곤 생각 못 했는데요. 단장님을 놔두고 왜 나한테 염병인지, 저 새끼는."

"왜 그런지 알 것도 같다만……."

리히트가 중얼대는 목소리는 당연히 무시당했다. 그러는 와중에도 로저는 무시무시한 기세로 추격해 오고 있었다. 힐끗 보며 거리를 가늠한 아렌트가 태평하게 중얼댔다.

"음. 사칭한 걸 들켰나? 그냥 장난질 좀 쳤을 뿐인데."

"진짜 이거 미친 새끼 아냐?"

"선배가 할 소리는 아닌데요. 이제 와서 하는 말이지만, 남의 얼굴로 뭔 짓을 하고 다닌 거예요?"

두 사람이 입씨름을 시작하려는 찰나, 리히트의 신경질적인 목소리가 끼어들었다.

"제발 쓸데없이 싸우지 마라!"

"뭐, 좋아요. 그러면 일단 그건 나중에 따지고."

아렌트가 시큰둥하게 대꾸했다.

'왕궁 쪽은 세일럼이랑 르웰린 녀석한테 맡기고.'

렉시온도 얼마 지나지 않아 발이 묶일 테니까. 아렌트는 빠르게 계산을 마쳤다.

"야, 네 주인한테 가서 전해. 왕궁으로 곧장 가라고."

아렌트의 갑작스런 말에 리히트와 아서가 어리둥절한 표정을 했다. 하지만 그 말을 들을 존재는 그 두 사람이 아니었다.

주변을 떠돌던 정령이 상황을 인지하고는 빠르게 자리를 벗어났다.

"일단 저 괴물 새끼부터 막죠. 우리끼리 어떻게 해 볼 수 있을 것 같진 않지만."

아렌트는 달리던 속도를 줄여 자연스럽게 방향을 틀었다. 새하얀 서리가 그의 움직임을 따라 마치 눈보라처럼 몰아쳤다.

"위대하신 영웅께서 오시기 전까지 시간 끄는 것 정도야 가능하지 않을까요?"

아렌트가 농담처럼 덧붙였다.

말이 끝난 순간, 지면을 박찬 로저가 아렌트를 향해 달려들었다.

콰아앙!

폭풍처럼 몰아친 화염과 새하얀 서리가 정면으로 맞부딪쳤다.

수증기가 뿌옇게 일며 일대를 한바탕 휩쓸었다.

자신이 만들어낸 안개 속에서 아렌트가 비웃음을 터뜨렸다.

"악역은 악역답게 영웅 서사의 재료나 되어 버려. 쓸데없이 비장한 척하지 말고."

루카인 왕실의 비극으로 1막이 내리고, 언젠가 영웅의 일대기로 기록될 2막이 올랐으니…….

그들의 무대는 지금부터 시작이었다.

3장. 천박하게 싸워 보자고.

천박하게 싸워 보자고.

 콰아앙!
 멀지 않은 곳에서 커다란 땅울림이 느껴지더니, 밤하늘에 뿌연 안개가 치솟아 올랐다. 왕궁을 향해 달려가던 세일럼이 급히 고개를 들었다.
 "아렌트 경?"
 "멀지 않은 곳에서 싸움이 벌어진 것 같습니다."
 감각을 곤두세운 엘프 전사가 대답했다. 세일럼은 마음이 조급해졌다.
 "일단 그쪽을 도우러 가야……."
 하지만 채 그의 말이 끝나기도 전, 세일럼은 고개를 들었다. 나뭇잎을 닮은 빛을 띤 정령이 이쪽을 향해 날아들고 있었다.

"루나?"

세일럼이 놀란 눈으로 정령의 이름을 불렀다. 아렌트에게 심부름을 보냈던 녀석이었다.

정령은 곧장 세일럼에게 돌아와 뭔가 뜻을 전하려는 듯 날갯짓했다. 그 움직임을 유심히 보던 세일럼이 살짝 눈살을 찌푸렸다.

"……참견하지 말고 일단 왕궁으로 가라고?"

그 말이 맞다는듯, 정령이 작은 고개를 끄덕이곤 다시 빤히 바라보았다.

그 뜻을 어렵잖게 읽어낸 세일럼이 고개를 끄덕였다.

"아직 못 찾으신 모양이구나. 알겠어."

정령이 곧장 왕궁을 향해 앞서서 날아가기 시작했다.

지금껏 세일럼의 어깨에 얌전히 있던 다른 쪽 정령, 레이 역시 포르르 날아올라 함께 날아가기 시작했다.

세일럼이 이내 전사들에게 지시했다.

"일단 왕궁으로 가요."

"정말로 괜찮겠습니까, 세일럼 님? 멀지 않은 곳인데, 지원하러 가야……."

"아니요. 저희는 따로 할 일이 있습니다."

세일럼이 단호하게 대꾸했다.

애초에 르웰린과 빅토르를 지키라는 지시를 무시하고 여기까지 온 것부터가 상당한 모험이었다.

하지만 다행히 그 부분은 눈감아 주려는 모양이었다.

세일럼과 엘프들은 다시 왕궁으로 향하는 걸음을 재촉했다.

하지만 그들은 얼마 지나지 않아 그 자리에 멈춰 설 수밖에 없었다.

"……."

검은 로브를 뒤집어쓴 한 무리가 길을 막고 서 있었다. 체르니온 교의 신관들이었다.

늑대를 닮은 구울들이 피와 침이 뒤섞인 끈적한 액체를 입에서 뚝뚝 떨어뜨리며 엘프들을 향해 살기를 드리웠다.

"크르르르……."

구울들이 목울대를 울리는 소리가 신호라도 되듯, 신관들이 하나둘 무기를 꺼내 들기 시작했다.

검은 신성력이 마치 그들을 수호하듯 짙게 드리웠다.

"어둠의 영광이 우리와 언제나 함께하길."

담백하게 읊조리는 기도를 흘려들으며 세일럼이 침착하게 검을 뽑았다.

곁에 서 있던 엘프 전사가 무뚝뚝하게 말했다.

"물러서 계셔도 됩니다, 세일럼 님. 저희끼리 하겠습니다."

"아니요. 물러서지 않을 겁니다."

그러나 세일럼이 딱 잘라 거절했다.

"여기는 부탁드리겠습니다. 반은 남아 이 자들을 상대

하고, 나머지는 저랑 함께 왕궁으로 가죠. 낭비할 시간이 없습니다."

"알겠습니다."

세일럼과 가장 가까이에 있던 이가 눈짓하자, 자연스레 전사들이 두 무리로 나뉘었다. 세일럼은 뒤에 남은 이들에게 짧게 말했다.

"이따가 뒤따라오세요. 다치지 말고."

"네. 알겠습니다."

세일럼은 한 무리를 이끌고 재빨리 자리를 벗어났다. 신관들이 곧장 추격하려 했지만, 이내 멈칫할 수밖에 없었다.

잔류한 엘프 전사들이 그들의 앞을 가로막은 탓이었다.

* * *

로저는 확실히 상대하기 버거운 적이었다.

세 명이 전력으로 달려들어도, 로저의 발을 묶는 것이 최선이었다.

좁은 길을 따라 달리며 최선을 도망쳐도, 거리를 벌리는 데에는 한계가 있었다.

결국 바로 몇 걸음 위에서 기척이 느껴지기 시작해, 아서는 아렌트와 리히트를 먼저 보내고 몸을 돌려 그와 정면으로 맞섰다.

콰아아앙!

검과 검이 부딪치며 한순간 **뼈**를 녹일 것 같은 열기가 폭발했다. 하지만 그것은 금세 서늘한 냉기로 상쇄되었다.

"꺼져 봐요, 방해되니까."

"……!"

시큰둥한 목소리가 들려왔다.

아서가 검을 흘리고 뒤로 물러선 순간 아렌트가 교대하듯 나섰다.

싸늘한 서리가 주변에 한바탕 내려앉으며 로저가 일으킨 불길이 가라앉았다.

화염에 휩싸인 검과 새하얗게 얼어붙은 검이 정면으로 충돌했다.

콰아앙!

그러는 사이, 리히트가 나서 로저의 등 뒤를 노렸다. 하지만 그 공격 역시 웨어 울프의 것을 닮은 팔에 의해 가로막혀 버렸다.

잠깐 경계가 느슨해진 사이, 아렌트는 검을 비틀어 로저의 검로를 바꿨다.

콰드득!

내려치던 힘을 이기지 못한 검이 커다란 파열음을 내며 지면을 갈랐다.

그 틈을 타 아렌트는 아서와 합류해 반대쪽으로 달려가기 시작했다.

로저와 몇 합을 주고받던 리히트 역시 그를 적당히 떨쳐 냈다. 그리고는 얼마 지나지 않아 두 사람 곁에 다가왔다.

"다들 괜찮나?"

"안 괜찮습니다."

"안 괜찮아요."

아서와 아렌트에게서 동시에 똑같은 대답이 돌아왔다.

리히트가 침착하게 대꾸했다.

"괜찮은 모양이군."

그의 시선이 가장 앞서나가는 아렌트에게 잠깐 닿았다.

'약간이라도 동요할 거라 생각했는데…….'

그렇게까지 험한 꼴을 당했으니까.

그러나 역시 아렌트는 평범한 인간의 규격을 벗어난 모양이었다.

태연하게 로저의 이름을 사칭해 이런저런 사고를 쳤다는 걸 들었을 때부터 대충 예상한 바였지만.

'오히려 아서가 문제군.'

아닌 척하고 있었지만, 로저가 나타났을 때부터 불안해하는 게 언뜻언뜻 드러났다.

하지만 자신 역시 크게 다르지 않으니, 그를 탓할 수는 없었다.

'이제부터가 진짜인가.'

리히트의 얼굴이 설핏 굳었다.

지금까지는 전투에 임할 때 당연히 해야 한다는 생각과 함께, 검을 쥐고 싸울 수 있다는 영광만이 그와 함께했다.

'그걸 위해서는 죽어도 좋다고 생각했던 적도 있었는데.'

그러나 지금은 죽음이 지니는 진정한 무게를 깨달아 버렸다.

적을 향한 증오와 원망, 그리고 누군가를 잃을지도 모른다는 공포심.

거기에 자신이 죽으면 남겨질 사람이 겪어야 할 고통까지 모두 염두에 둔 채 검을 쥐어야 한다.

그마저도 극복하고 눈앞의 적을 상대해야 하는 것이 진짜 전쟁이었다.

아이러니하게도, 그걸 몸소 가르쳐 준 건 제 목숨 귀한 줄 모르고 날뛰는 견습 기사 녀석이었고.

"적에게 등을 보여서는 안 된다."

그때, 음산한 목소리가 그들의 걸음을 잡아챘다.

빠르게 거리를 좁혀 온 로저가 크게 도약했다.

그리고 잠시 후.

쿠웅.

일렁이는 불길과 함께 그가 세 사람의 앞에 착지했다. 천천히 고개를 든 로저가 가면 너머의 눈동자로 그들을 차분히 응시했다.

"영웅의 측근이라면서, 그런 기본적인 것도 배우지 못했나?"

"그렇게 지껄였다가 나한테 하도 욕을 처먹어서……."

피식 웃음을 터뜨린 아렌트가 서리 어린 손길을 강하게 발동했다. 마치 아서와 리히트를 보호하듯 주변에 싸늘한 얼음이 내려앉았다.

"최근에는 생각이 좀 바뀌신 모양이더라고."

아렌트가 정면으로 걸어오는 승부를, 로저는 피하지 않았다.

콰아아앙!

극한의 냉기와 화염이 맞부딪치며 주변 공기를 뒤흔들었다.

"아오, 뒈지겠네, 진짜!"

어마어마한 압력에 입 밖으로 자연스레 욕설이 튀어나왔다. 장갑을 끼고 있지 않았더라면 분명 손아귀가 찢어졌을 게 분명했다.

하지만 아렌트는 양손으로 검을 쥔 채 단단히 힘을 주고 버텼다.

조금이라도 방심하는 순간, 바로 균형이 무너질 것 같았다. 한 가지 짜증 나는 점은, 이런 순간에도 로저에게서 버거운 기색이 전혀 보이지 않는다는 거였다.

'진짜 이 망할 새끼.'

거지 같은 신, 거지 같은 무대, 쓰레기 같은 세상.

'성검의 푸른 기사'에서 거의 최종 보스에 준하던 놈을 왜 자신이 막고 서 있는지, 한순간 회의감이 밀려들었다.

하지만 아렌트는 그것을 자연스럽게 분노와 짜증으로 치환했다.

끼긱.

검이 마찰하며 듣기 싫은 소리를 냈다. 로저가 그것을 자각한 순간, 아렌트는 있는 힘껏 마력을 끌어올렸다.

강한 눈보라가 일며 시야를 가렸다.

로저의 화염이 잠시나마 밀려난 거였다.

"……!"

그가 주춤하는 틈을 타, 아렌트는 몸을 확 숙인 뒤 거의 구르다시피 그 자리를 벗어났다.

그리고는 채 로저가 상황을 파악하기도 전, 빙글 돌아서서 냅다 달리기 시작했다.

"콜록, 콜록, 아오, 진짜!"

온몸이 부서질 것처럼 욱신댔다.

급히 다가온 아서가 타박했다.

"그러게 왜 넌 사서 고생을 해?"

"아, 이번엔 진짜 아니라고요! 저 새끼가 눈 까뒤집고 나한테 덤벼들 줄 누가 알았나?"

아렌트가 신경질을 터뜨렸지만 아서가 더 크게 윽박질렀다.

"거짓말하지 마, 새꺄! 아주 기다렸다는 듯이 구는 거 다 봤어!"

"칫, 쓸데없이 눈치 빠르긴."

"제발, 진짜 부탁이니까 쓸데없이 입씨름하지 마라! 적을 상대할 때만이라도 진지할 수는 없나?"

듣다 못한 리히트가 버럭 쏘아붙였다. 아렌트가 달리면서도 어깨를 으쓱했다.

"진지하면 지는 거라고, 제가 몇 번이나 말했을 텐……. 왼쪽이요!"

아렌트가 외친 순간, 아서와 리히트가 동시에 몸을 반대쪽으로 날렸다.

콰아아앙!

거센 폭음과 함께, 바로 전까지 세 사람이 서 있던 자리가 완전히 박살 났다.

바닥을 한 바퀴 굴러 다시 중심을 잡은 아서가 뒤늦게 현장을 확인했다.

바로 옆의 담벼락은 반파되어 파편을 후두둑 쏟아내고 있었다.

자욱한 먼지 속에서 로저가 아닌 또 다른 사람이 천천히 몸을 일으키는 게 보였다.

아서가 저도 모르게 중얼거렸다.

"진짜 환장하겠네."

근처에 몸을 숨기고 있던 적이 기습을 가해 온 것이다.

"역시나 저 자식도 혼자가 아니었네요."

머리 위에서 들리는 목소리에 아서가 고개를 들었다.

아렌트는 선배들이 바닥을 뒹구는 와중에도 혼자 훌쩍 담벼락 위에 올라서 있었다.

정신없는 와중에도 어쩐지 그 꼴이 유난히 얄밉게 보였다.

새로 나타난 적도 낯선 자가 아니었다.

'아인이라고 했던가.'

아렌트는 언젠가 들은 그의 이름을 머릿속에 떠올렸다.

로저의 오른팔이자 열렬한 추종자였다.

아렌트가 어처구니없이 읊조렸다.

"이렇게까지 날 죽이고 싶어 한단 말이지."

"지금 그런 말이 나오냐, 이 망할 새끼야!

아서가 신경질적으로 쏘아붙이는 사이, 몸을 추스른 아인이 검을 고쳐 쥐고 다시금 그들을 향해 돌진해 왔다.

리히트가 자연스럽게 그에게 응대하는 찰나, 그새 거리를 좁혀 온 로저가 아렌트에게 달려들었다.

아렌트는 급히 담장 아래로 뛰어내렸다.

콰아앙!

간발의 차이로 로저의 검이 그가 서 있던 자리를 크게

베어 냈다.

박살 난 벽의 파편만 남아 있을 뿐, 텅 빈 자리를 힐끗 본 로저가 쯧 혀를 찼다.

"쥐새끼답게 재빠르군."

아렌트는 어느새 아서와 함께 저만치 달아나고 있었다.

리히트 역시 아인을 어렵지 않게 떨쳐낸 뒤 그들의 뒤를 따라 움직였다.

일부러 자신을 유인하려는 아렌트의 의도를 알면서도, 로저는 어쩔 수 없이 응할 수밖에 없었다.

"아인, 놓치지 마라."

"예."

단정하게 대답한 아인이 곧장 지면을 박찼다. 잠시 왕궁 쪽을 돌아보던 로저 역시 얼마 지나지 않아 그와 함께 움직였다.

'어둠께서 함께하신다.'

신을 두려워할 줄 모르는 이들에게는 언젠가 천벌이 닥칠 것이다.

로저는 그리 믿어 의심치 않았다.

* * *

"……왜 항상 예감은 나쁜 쪽으로만 맞아떨어지는지."

렉시온이 쯧 혀를 찼다.
"이 조그마한 왕궁이 무슨 가치가 있다고."
새빨간 시선이 어둠 저편을 응시하고 있었다.
우르릉.
불길한 우레 소리가 다시금 아득하게 들려왔다. 날이 흐리긴 했으나, 천둥번개가 칠 만한 날씨는 아니었다.
그렇다면 이 달갑잖은 소음의 원인으로 꼽을 수 있는 건 단 하나뿐이었다.
"미친 노친네……."
렉시온이 언짢게 중얼거렸다.
'이쪽으로 전력을 최대한 끌어모으는 게 정답이었던 듯하군.'
엘프 지휘관들에 그들을 따르는 꽤 많은 수의 엘프 전사들, 거기에 더해 영웅과 그 측근 기사단, 그리고 렉시온 자신까지.
칼리온 제국 대신전에서 벌였던 싸움에 동원되었던 이들보다도 더욱 화려한 면면들이었다.
'그렇다면 짐작이 대충 맞아떨어졌다는 건가.'
살짝 인상을 찌푸린 렉시온이 허공에서 전황을 살폈다.
'애송이 견습 기사 일행은 적을 밖으로 유인 중이고.'
세일럼은 앞을 막는 신관들을 전사들에게 맡기고서 왕궁으로 진입 중이었다.

자카르와 셰키나, 라그날드가 이끄는 엘프 군단도 모두 왕궁을 향해 집결하다 저마다 적들과 조우한 상태였다.

'그리고 영웅은……..'

신관 무리가 라이오스 일행의 앞을 가로막았지만, 제대로 상대가 될 리가 없었다.

영웅은 물론이고 다들 마음이 급해진 건지, 닥치는 대로 베어 넘기다 보니 신관들은 순식간에 곤죽이 되어 널브러졌다.

몇몇이 다시금 길을 막으려 하고 있었지만, 발목을 잡는 정도의 역할조차 하지 못하고 그저 죽어 없어질 뿐이었다.

그 시체 하나하나가 영웅의 업적이 되리라 생각하니 렉시온은 어쩐지 입안이 써졌다.

그것이 라이오스가 썩 바라지 않는 결과물이라는 점에서 더욱 그랬다.

'모든 걸 다 떠넘긴 입장에서는 그런 마음을 가지는 것도 주제넘은 짓일 뿐이지.'

아렌트 폰 에크하르트는 사선을 넘나들며 자신의 가치를 증명했다. 이번 대의 영웅 역시 마찬가지였다.

그리고 이번 대의 영웅이 맞이할 최후가 영웅 칸과 다를 수 있는 약간의 가능성이라도 있다면…….

렉시온은 기꺼이 승률이 지극히 낮은 도박에 자신을 걸

어 볼 생각이었다.

렉시온이 천천히 눈을 감았다가 떴다.

피에 젖은 것처럼 새빨간 눈동자에 자리 잡은 동공이 날카롭게 세로로 찢어졌다.

"저 빌어 처먹을 노친네를 끌어내는 게 내 일이겠지."

그의 팔에 순식간에 검은 비늘이 돋아나더니 날카로운 발톱이 자라났다. 렉시온은 고개조차도 돌리지 않고 팔을 휘둘렀다.

콰아아앙!

마치 우레 같은 소음이 허공을 뒤흔들며, 강하게 터져 나온 빛이 검은 하늘에 새겨졌다.

렉시온은 그제야 고개를 돌렸다.

폭발의 여파에 나부끼는 금발 자락이 눈에 들어왔다.

어둠 속에서 스스로 빛을 내는 것 같은 머리칼과 초록빛 눈동자는, 상당히 아이러니하게도 얼핏 루체 신과 닮은 것 같기도 했다.

"예전보다는 상당히 날렵해졌구나, 렉시."

천둥을 몰고 온 빛의 드래곤이 희게 미소 지었다. 렉시온은 비틀린 곡선을 입가에 드리우는 것으로 거기에 응대해 주었다.

"야, 노친네. 하나만 물어보자."

"말버릇은 상당히 나빠졌고. 영웅 곁의 애송이 탓인가?"

차가운 한 마디에 비웃음이 돌아왔다.

하지만 렉시온은 아랑곳하지 않았다. 그저 싸늘한 눈으로 니케포르를 마주 보며 짧게 한 마디를 내뱉을 뿐이었다.

"너희들, 도대체 목적이 뭐야?"

"목적이야, 새삼스럽게 말할 필요가 있으려나."

웃음기를 드리운 초록색 눈동자에 광기가 깃들었다.

"그분을 찬미(讚美)하는 것. 단지 그것뿐이지."

"미친 광신도 새끼."

렉시온이 욕을 내뱉자 니케포르가 웃음을 터뜨렸다.

"과거 영웅의 오른팔을 자처하던 네게 듣고 싶지는 않은걸."

우드득.

렉시온의 나머지 한쪽 팔에서도 비늘이 자라났다.

공격 태세를 갖춘 렉시온은 니케포르를 향해 커다랗게 발톱을 휘둘렀다.

그러나 니케포르는 뒤로 물러서는 것으로 간단히 피해 버렸다.

"오랜만에 오붓한 시간을 보내 볼까, 렉시. 예전에 그랬던 것처럼."

"그거 좋네."

렉시온이 피식 웃음을 터뜨렸다.

우둑, 우두둑.

살갗이 터지며, 인간 행세를 하던 렉시온의 체격이 순식간에 부풀어 올랐다.

"어디 한 번 물어뜯고 할퀴면서 천박하게 싸워 보자고."

잠시 후.

드래곤의 포효가 루카인 왕국의 어두운 밤하늘을 찢어냈다.

* * *

키에에에엑!

하늘에서 터져 나온 뭐라 형언할 수 없는 진동이 지면을 울렸다. 뒤따라오는 적들을 따돌리는 데 집중하던 아서와 리히트마저도 멈칫 발걸음을 멈출 정도였다.

"……이게 뭐야?"

아서가 망연하게 중얼거리자 뒤이어 리히트가 입술을 달싹였다.

"천둥? 아니지, 이건……."

그런 사이에도 검은 하늘에서는 몇 번이고 번개 같은 빛이 번쩍였다. 이따금 지면까지 울리는 천둥 소리는 덤이었다.

"지금 한눈팔 때입니까?"

그때, 신경질적인 목소리가 그들의 머릿속에 파고들었

다. 두 사람은 반사적으로 목소리가 들려온 쪽으로 고개를 돌렸다. 아렌트가 짧게 말했다.

"망할 파충류 놈들이 치고받기 시작한 겁니다. 신경 쓰지 말고 우리 일에나 집중해요."

"……살다 살다 별꼴을 다 보는군."

견습 기사의 재촉에 따라 발걸음을 다시 옮기면서도, 리히트가 질린 소리를 냈다. 아서 역시 신음처럼 중얼댔다.

"진짜 뭐가 어떻게 돌아가는 건지."

이런 순간에도 하늘에서는 계속해서 천둥번개 같은 빛이 번쩍였다.

거대한 마력의 소용돌이가 드래곤의 악의를 담고 몰아쳤다. 폭풍처럼 거친 흐름이 끔찍할 정도로 불길하게 느껴졌다.

"그토록 잘나신 영웅의 부하도 됐는데, 이제 와서 뭘요."

하지만 아렌트는 그런 것에는 전혀 영향을 받지 않는다는 듯, 시큰둥하게 말할 뿐이었다.

아서가 그를 노려보았다.

"대범한 건 인정하겠다만, 제발 좀 상식적으로 굴 수 없냐? 진짜 너 뭐 하나 고장 난 거 아냐?"

"충분히 상식적인데요. 선배들이 너무 새가슴인 겁니다."

하지만 아렌트는 시종일관 시큰둥할 뿐이었다.

"일단 지금 중요한 건 그거죠. 로저랑 아인이 이쪽에 있고, 니케포르까지 나타났어요. 그렇다면 곧 진도 나타날 겁니다."

"거물들이 전부 다 납시는군."

리히트가 질린 목소리로 읊조렸다.

"빅토르 왕세자 저하께서 탈출하셨으니, 왕실에서 주도권을 잡는 건 실패한 거나 마찬가진데. 왜 이렇게까지 하는 거지?"

"뻔한 거 아니겠어요?"

아렌트가 앞으로 치고 나가며 대꾸했다.

"이 새끼들, 다른 목적이 있는 거예요."

"다른 목적은 또 뭐야? 너 이 자식, 제대로 말 안 해?"

이번에는 아서가 눈을 부라리며 물었다. 아렌트는 부지런히 달리면서도 빠르게 말을 이었다.

"말하자면 권력층을 장악하거나, 세력을 확장하는 게 주목적이 아니었다는 거죠. 아, 물론 그것도 탐이 났으니 이렇게까지 귀찮은 방법을 썼겠지만……."

한 번 숨을 고른 그가 덧붙였다.

"사람을 현혹하거나 나라를 좌지우지하려 드는 것과는 또 별개로, 또 다른 꿍꿍이가 있다는 거라고요."

"그러니까 그게 뭐냐고!"

참다못한 아서가 버럭 외쳤다.

우르르릉!

머리 위에서 하늘이 갈라지며 섬뜩한 불빛이 번쩍였다.

평범한 천둥번개와는 달리 내장을 훑는듯한 위압감이 느껴졌다. 저 소리의 정체가 바로 드래곤들이 치고받는 폭음이라는 걸 잘 알기 때문에 더욱 그랬다.

아렌트는 소리가 멎은 틈을 타 말을 이었다.

"생각해 봐요. 로저, 저 새끼가 머저리도 아니고. 내가 본인을 왕궁 밖으로 유도하고 있다는 걸 알아차리지 못했을 리가 없잖아요."

"그건…… 그렇군."

리히트가 떨떠름하게 대답했다.

정신없이 상대하느라 미처 생각하지 못한 부분이었다.

"그러니까 저 자식들도 결국 우리를 왕궁에서 멀리 떨어뜨려 놓고 싶어 한다는 겁니다. 물론 로저, 저 새끼는 날 죽이고 싶어서 안달 난 것 같지만."

한 번 숨을 몰아쉰 아렌트가 빠르게 덧붙였다.

"구울이 된 국왕은 미처 선보이지도 못한 채 조용히 처리됐고, 왕궁 내부 조력자들도 반 이상이 죽어 나갔는데도 드래곤까지 직접 나선다는 건, 이 땅…… 그러니까 왕궁 자체에도 볼일이 있다는 거죠."

"잠깐만, 선보인다는 건 또 뭐지?"

리히트의 물음에 아렌트가 덧붙였다.

"시선 끌기에 딱 좋잖아요. 신의 벌을 받아서 산 채로 시체가 된 국왕이라니. 체르니온을 따르지 않은 자의 말로가 이렇다고, 대중들 앞에 내보여서 시선을 사로잡을 목적 역시 있었을……."

하지만 아렌트는 말을 채 끝까지 마칠 수 없었다. 리히트가 급하게 손을 뻗어 그의 뒷덜미를 잡아챈 탓이었다.

텔레포트를 이용한 아인이 급습해 온 것이다.

거의 집어 던지듯 아렌트를 뒤로 밀어낸 리히트는 불쑥 나타난 아인의 검을 받아쳤다.

카아아앙!

날카로운 쇳소리가 공기를 찢었다.

그와 동시에, 아렌트는 자신을 향해 날아드는 화염을 발견했다.

새하얀 서리가 몰아치고, 거센 화염이 순식간에 가라앉으며 로저가 주춤 물러섰다.

"……!"

마찬가지로 거리를 벌린 아렌트의 미간이 살짝 구겨졌다.

렉시온에게 반강제로 마력을 받은 뒤부터, 마력이 부족해서 곤란해지는 일은 없어졌다.

이제 마력량으로만 친다면 3기사단에서 라이오스를 제외하곤 아렌트와 비견될 만한 사람은 없었으니까.

그렇다고 해서 부작용이 없다는 건 아니었다.

부작용이 어떤 식으로 찾아올지는 자신도 예측할 수 없으니, 적당히 사리는 게 좋을 거라며 렉시온이 직접 경고하기도 했다.

그것을 떠올린 아렌트의 표정이 떨떠름해졌다.

'썩 바람직한 징조는 아닌 것 같은데.'

장갑 밖으로 드러난 손끝이 새파랗게 질려 있었다.

'감각도 좀 묘한 것 같은…….'

하지만 오래 고민할 시간은 없었다.

아렌트가 잠깐 물러난 사이, 로저와 검을 맞댄 아서가 채 두 합도 겨루지 못하고 급히 거리를 벌리는 게 보였다.

'업화의 축복'이 가진 화염 때문이었다.

어느새 리히트와 아서 몸 곳곳에는 자잘한 상처 이외에도 크고 작은 화상이 남아 있었다.

속으로 혀를 한 번 찬 아렌트가 갑자기 방향을 틀어 근처의 담장을 밟고 훌쩍 올라갔다.

예상치 못한 상황에 아서와 리히트가 급하게 고개를 들었다.

"야, 어디 가?"

"어디 가긴요. 튀는 거지."

아서가 고함을 지르는 소리에 아렌트가 무심히 대꾸했다.

"지금 루카인 왕국에서 제일 안전한 장소로 갑니다."

아렌트는 그대로 몸을 돌려 가게의 지붕까지 훌쩍 올라

갔다.

리히트와 아서가 곧장 그 뒤를 쫓으려 했지만, 아인이 앞을 가로막았다.

"못 간다."

"제길……!"

리히트는 급히 아렌트의 위치를 확인했다. 지붕을 몇 개나 뛰어넘은 아렌트는 빠르게 그들에게서 멀어지고 있었다.

그리고 로저는 당연하다는 듯 뒤는 자신의 부하에게 맡겨 버린 채, 아렌트의 뒤를 추격하고 있었다.

리히트가 드물게도 욕설을 짓씹었다.

"저 망할 새끼가 진짜……."

이렇게 된 이상, 최대한 빨리 아인을 처리하고 합류하는 수밖에 없었다.

아서와 리히트의 눈에 기사답지 않은 살기가 드리웠다.

쿠르릉.

불길하기 짝이 없는 천둥 소리가 왕국을 다시 한번 뒤덮었다.

* * *

이따금씩 번쩍이는 하늘을 올려다보며 자카르가 얼굴

을 굳혔다.

 호문쿨루스를 처리한 직후 부상자들을 수습하고, 곧장 왕궁으로 진격하는 길이었다.

 이따금씩 구울의 잔당이나 신관들을 마주치긴 했지만, 잘 훈련받은 엘프 전사들의 상대가 될 리 없었다.

 하지만 그들이 단순한 소모품일 뿐이라는 것을, 자카르는 지나치게 잘 알고 있었다.

 진짜 적은 아직 제대로 마주하지도 못했다.

 "서둘러라!"

 자카르가 부하들을 재촉했다. 이제 왕궁이 거의 코앞이었다.

 그러나 그들은 성벽 코앞에 다다라서 걸음을 멈출 수밖에 없었다.

 "……."

 자카르는 저도 모르게 아연실색하고 말았다.

 머리 위에서는 여전히 천둥번개가 몰아치고 있었다. 두 드래곤의 싸움이 점점 거칠어지고 있다는 의미였다.

 그리고 왕궁은 투명한 장막으로 둘러싸여 있었다. 렉시온이 펼친 방어막이었다.

 '이건…….'

 적군은 물론이고, 아군조차도 왕궁 내부로는 접근하기 힘들도록 조치한 것이다.

 그뿐만이 아니었다.

렉시온이 만들어 낸 장벽 밖으로, 검은 로브를 뒤집어쓴 신관들과 구울들이 왕궁을 완전히 포위하고 있었다.

내부에서 무기가 부딪치는 소리가 들리는 것을 보아하니, 아직 왕실 기사단과 내부 반란자들이 전투를 벌이고 있는 듯했다.

그리고 신관과 구울들은 방벽을 파괴하려 검은 신성력이며 갖은 무력을 동원해 공격을 퍼붓고 있었다.

"도대체 저 안에 뭐가 있기에……."

자카르가 질린 목소리로 중얼거렸다.

하지만 고심할 시간은 그리 길지 않았다.

자칫 렉시온의 방벽이 뚫리기라도 했다가는 내부로 들이닥친 적들에게 왕궁이 완전히 점령당할 것이다.

렉시온이 니케포르와 전투를 벌이고 있는 이상, 그의 방어 역시 완전하다 할 수는 없었다.

이것저것 재기 전, 일단 당장 눈앞에 있는 적들을 처리하는 게 우선이었다.

그때, 곁에 있던 부하가 급하게 불렀다.

"교관님, 교관님! 저쪽을 보십시오!"

"왜 그러지? ……아."

자카르는 곧 부하가 가리키는 것을 발견하고는 인상을 찌푸렸다.

신관과 구울들을 지휘하는 작은 소녀를 발견한 것이다.

세일럼보다는 아주 조금 나이가 많아 보이지만, 이런 전장에 어울리는 존재는 아니었다.

고운 금발과 싱그러운 초록빛 눈동자를 자랑하는 안개숲 종족의 엘프와 그 곁을 지키는 또 다른 여성.

"지클린이군."

익숙한 얼굴에 자카르가 신음처럼 읊조렸다.

안개숲 친위대 대장, 실비안의 뒤를 졸졸 따라다니던 어린아이.

그녀는 어느새 체르니온 교의 중진이 되어 끔찍한 괴물들을 양산해 내고 있었다.

다른 엘프들 역시 착잡한 표정이었다.

지클린은 안개숲 종족의 업보와도 같은 존재였다.

지클린을 막을 수 있었더라면 전쟁의 판도가 크게 바뀌었을지도 모른다.

그 사실은 지금도 그들을 괴롭히고 있었다.

마침 지클린 역시 그들을 발견한 듯 고개를 돌렸다.

그녀의 곁에 선 정령, 리타가 경계 어린 태세를 취하며 앞으로 나섰다.

지클린은 몇 차례 눈을 깜빡이다 해맑은 웃음을 터뜨렸다.

"반가운 얼굴들인걸. 자카르 교관님이잖아?"

거리가 꽤 되었음에도, 앳된 목소리가 생생하게 들려왔다. 시종일관 무뚝뚝하던 자카르의 얼굴이 참혹하게 일그러졌다.

"안개숲 종족이 저지른 실수는 우리가 수습한다."

자카르가 가장 먼저 검을 뽑았다.

"우리가 막지 못해 일이 이 지경까지 되어 버렸으니, 책임지고 처리하자."

"예."

엘프 전사들이 결연하게 대답했다.

* * *

"……왕궁 안으로 들어갈 수 없다고?"

세일럼이 정령에게 물었다. 먼저 앞을 탐색하고 온 레이가 그렇다는 듯 연신 고개를 끄덕였다.

한참 동안 정령의 의사를 읽어 내던 세일럼이 인상을 찌푸리고 자신을 따르던 이들을 돌아보았다.

"왕궁 근처가 이미 적들에게 포위되었다고 합니다. 그리고 렉시온 님이 방어막을 펼치셔서 지상으로 접근하는 것도 불가능합니다."

"그러면 어떻게……."

"잠시만요."

부하가 얼굴을 굳히며 물으려 했지만, 세일럼이 저지했다.

"자카르 교관님이 성벽 근처에서 지클린과 교전 중이

라고 합니다. 왕궁을 포위한 게 지클린이 이끄는 구울과 신관 부대인 듯해요. 곧 세키나 님과 라그날드 님도 그쪽으로 합류할 예정이라고 합니다."

잠시 정령의 말에 귀 기울이던 세일럼이 말을 이었다.

"렉시온 님의 장벽을 통과하는 건 정령들도 불가능하다는 듯하고. 하지만 아직 안에는 루카인 왕국의 왕실 기사단이 있을 텐데……."

내부에서 반란군과 싸움을 벌이던 왕실 기사단 역시 옴짝달싹하지 못하고 갇힌 것과 마찬가지였다.

부하가 제안했다.

"그렇다면 자카르 교관님과 합류하는 게 나을 듯합니다."

"아뇨. 아렌트 경은 왕궁으로 가라고 했습니다. 아렌트 경은 이런 상황까지는 예측하지 못했을 거예요. 아렌트 경이 적을 유인해 왕궁 밖으로 나간 데는 다 이유가 있을 겁니다."

세일럼이 인상을 찌푸리며 고개를 내저었다.

잠깐 생각하던 그가 입을 열었다.

"역시 왕궁 안으로 진입해야겠습니다."

"예?"

엘프 전사들이 놀란 목소리를 냈다.

"방금 이 애가 말했는데, 버려진 수로를 이용하면 안으로 접근할 수 있다고 합니다."

빅토르 왕세자가 빠져나올 때 사용했던 바로 그 길이었다.

"이 근처에서도 거기로 들어갈 수 있는 작은 개구멍이 있는 것 같아요."

세일럼은 자신 앞을 떠도는 정령을 고갯짓하며 말을 이었다.

"내부 상황이 어떨지 모르니, 여러분은 일단 자카르 교관님과 합류하세요. 저는 따로 움직여 왕궁 내부로 들어가 보겠습니다."

"하지만 세일럼 님 혼자서는 너무 위험합니다."

"괜찮습니다. 냉정하게 생각하자면, 백병전에서 저는 크게 도움이 되지 않을 겁니다."

부하가 단호하게 반대했지만, 세일럼은 뜻을 굽히지 않았다.

"그리고 전 혼자가 아닌 걸요. 이 애들의 힘을 빌린다면 왕궁 내부를 탐색하는 데도 문제없습니다. 적의 눈에 띄지 않고 은밀히 움직이려면 여럿보단 저 혼자 침투하는 게 나을 테고요."

조목조목 맞는 말에 부하들은 더 이상 반대하지 못했다. 그들은 시원찮은 눈으로 고개를 끄덕였다.

"명령이시라면……. 따르겠습니다."

"감사합니다."

세일럼이 미소 지으며 고개를 끄덕였다.

"위험하면 상황 판단만 한 뒤 바로 빠져나오겠습니다. 그러니 걱정 마세요."

"알겠습니다. 아렌트 경을 만나면 바로 상황 전달하겠습니다."

"네. 부탁드릴게요. 말씀드린 대로 여러분은 자카르 교관님과 합류해 주세요."

그것을 마지막으로, 세일럼은 아무런 망설임도 없이 방향을 바꿔 달려가기 시작했다.

멀어지는 뒷모습을 걱정스럽게 지켜보던 엘프 전사들 역시 이내 걱정을 떨쳐 내고는 발걸음을 재촉했다.

* * *

무서운 속도로 추격해 오는 로저를 보며, 아렌트는 속으로 혀를 쯧 찼다.

"하여튼, 멧돼지 같은 변태 가면 새끼."

이제부터 네 별명은 멧돼지 변태 가면이다.

속으로 그딴 말을 되뇌며, 아렌트는 턱까지 차오른 숨을 가라앉히려 애썼다.

'그래도 단순한 놈이라 다행이지.'

아서와 아렌트의 실력은 고만고만하고, 리히트는 두 사람보다는 낫지만 로저의 앞에서는 어차피 무용지물이었다.

로저는 성검을 든 라이오스와 대등하게 겨룰 수 있는 괴물이니까.

이런 식으로 시간을 끄는 데에도 한계가 있으니, 이왕 맞설 거면 그에게 대응이 가능한 아티팩트를 지녔고, 마력도 충분한 자신이 나서는 게 분명 합리적이었다.

하지만 두 사람 역시 그렇게 여겨 줄지는 솔직히 미지수였다.

'나중에 욕 엄청 처먹겠네.'

속으로 그런 생각을 하는데, 불쑥 사라졌던 로저가 갑자기 코앞에서 나타났다.

"……!"

아렌트는 반사적으로 검을 치켜들어 방어했다. 거의 동시에, 목을 노리고 날아든 검이 그를 강하게 내리쳤다.

콰아앙!

전신을 강타하는 충격과 함께, 아렌트는 뒤로 나가떨어지고 말았다.

"크윽!"

그대로 지붕 아래로 굴러떨어질 뻔했지만, 아렌트는 어떻게든 검을 박아 넣어 균형을 잡았다.

하지만 숨을 돌릴 틈은 없었다. 곧장 다음 공격이 날아든 탓이었다.

화염에 휩싸인 참격이 날아들어, 아렌트는 급히 몸을 굴려 자리를 피했다.

콰드득.

살벌한 소리와 함께 방금까지 그가 서 있던 자리가 박살 났다.

"아오, 진짜 빌어 처먹을……."

비척비척 몸을 일으키며 아렌트가 욕을 쏟아냈다. 그러나 로저는 힘든 기색도 없이 천천히 그를 향해 다가올 뿐이었다.

마치 사냥감을 궁지에 몰아넣은 맹수처럼.

'장난 아니군.'

과연 라이오스의 대적자라 할 만한 사람다웠다. 저자와 정면으로 겨뤄 봤자 자신에게 승산 따위는 없었다.

하지만 그다지 위기감은 들지 않았다.

딱히 이상한 일도 아니었다.

이미 아렌트는 이 세상의 정점에 선 두 존재와 맞닥뜨린 적 있으니까.

이 망할 세상에 떨어진 뒤부터 묘하게 현실감이 둔해진 면이 있긴 했지만…….

'이 정도는 아니었던 것 같은데.'

어쩌면 어디 고장 난 게 아니냐는 아서의 말이 영 틀리지 않았을지도 몰랐다.

"야, 뭐 하나만 물어보자."

상처투성이가 된 몸을 추스르며, 아렌트가 비틀린 미소를 지었다.

"도대체 무슨 짓을 한 거야? 아무리 봐도 이상하단 말이지……. 루카인 왕실이 그렇게까지 머저리 같은 집단도 아니었고, 나도 잘 분명 잘 감시하고 있었거든. 콜록!"

잔기침을 토하자 입안에 고여 있던 피가 튀었다.

아렌트는 터진 입가를 대강 닦아내고 말을 이었다.

"사이비 놈들이야, 입 털고 남한테 사기 치는 게 주특기라지만……. 이렇게까지 빠르게 침투했다는 건 좀 이상하잖아. 내가 너희들이 개자식에 아주 빌어 처먹을 것들이라고 소문도 열심히 냈는데."

연이어진 홍보로 칼리온 제국 내부 민간인들은 자연스레 체르니온을 향해 반감을 가지게 되었다.

덕분에 체르니온 교단은 칼리온 제국을 안쪽부터 뒤흔드는 것은 포기하고 물러설 수밖에 없었다.

하지만 그런 사정은 루카인 왕국이나 다른 나라 역시 크게 다르지 않았다.

칸타레스가 일찌감치 국외로까지 빠르게 악신교에 관한 소식을 알린 탓이었다.

그러니 지금 이 사태는 분명히 칸타레스와 라이오스, 아렌트가 미처 예상치 못한 변수였다.

아렌트가 비스듬히 고개를 기울였다.

"솔직히 썩 달가운 상황은 아닌지라. 왜 하필 루카인 왕국이었는지도 의아하단 말이지. 뭐 중요한 보물이라도 숨겨 놨냐?"

"아직도 떠들 힘이 남은 모양이군."

로저는 한층 더 짙은 살기를 드리우며 아렌트를 향해 천천히 다가왔다.

"내가 거기에 대답해 줄 필요는 없다고 생각한다만, 견습 기사."

"하여튼 재미 없는 놈이라니까……. 콜록, 콜록!"

마른기침을 뱉으며 아렌트는 억지로 몸을 움직였다.

"적으로 만나지 않았더라면 좋았을 것을. 지금까지 버틴 것은 훌륭하다 칭찬해 주마."

"좋은지 안 좋은지 우리 선배들한테 물어봐. 제발 데려가 달라고 애걸복걸할걸."

비틀대면서도 다시 자세를 잡은 아렌트가 피식 비웃음을 흘렸다.

"그런다고 해서 순순히 꺼져 줄 생각도 없지만."

아티팩트의 힘을 강하게 끌어올리자, 스산한 냉기가 그의 주변에 몰아쳤다.

그와 동시에, 로저가 다시금 아렌트를 향해 돌진했다.

한순간 그의 신형이 사라지더니, 눈 깜짝할 새 거대한 불길이 코앞에 치솟았다.

"……!"

피할 수 없다 직감한 아렌트는 반사적으로 검을 치켜들었다.

콰아앙!

강한 충격에 눈앞이 새하얘졌다. 가까스로 정신을 차렸을 때, 그의 몸은 허공에 붕 뜬 채였다.

잿더미가 되는 꼴은 어떻게든 피했으나, 엄청난 충격을 버티지 못하고 그대로 튕겨 나간 것이다.

차마 낙법을 취할 새도 없었다.

시시각각 지면이 가까워지는 사이, 로저는 이미 아렌트를 향해 돌진해 오고 있었다.

'이거……'

잘못하면 진짜 골로 가겠는데?

이제서야 슬슬 위기감이라는 놈이 고개를 들기 시작했다.

이대로 추락하거나 그 전에 로저의 검과 맞부딪치는 것 외에는 다른 선택지가 없었다.

아렌트는 충격에 대비하며 검을 놓치지 않기 위해 손아귀에 힘을 주었다.

하지만 그를 반긴 것은 차가운 지면도, 화염에 휩싸인 검도 아니었다.

바닥과 충돌하기 직전, 다소 거친 손길이 어깨를 덥석 잡아챈 거였다.

"……!"

아렌트가 눈을 크게 떴다.

"넌 나중에 아주 크게 혼날 줄 알아라."

유난히도 귀에 잘 꽂히는 음성이 귓가를 스치자 아렌트

의 입가에 미소가 드리웠다.

다음 순간, 뒤로 던져지며 중심을 잃은 아렌트가 바닥을 뒹굴었다.

그와 동시에 교대하듯 나선 라이오스와 로저의 검이 정면으로 충돌했다.

쿠우우웅!

성검과 화염의 검이 허공에서 맞부딪치며 터져 나온 파공음이 천지를 뒤흔들었다.

* * *

아렌트 쪽으로 물러선 라이오스가 짧게 물었다.

"괜찮나?"

"콜록, 콜록, 후우……. 안 괜찮아요."

아렌트가 주저앉은 채 숨을 몰아쉬며 대꾸했다.

"뭐 하다 이제 왔어요? 여기 좀 보라고 아까부터 난리법석을 피웠는데. 진짜 뒈질 뻔했네."

"미안하게 됐군. 앞을 가로막는 놈들이 많아서. 상황이 급해진 듯해 일단 다른 녀석들에게 맡기고 왔다만……."

라이오스가 슬쩍 아렌트를 흘겨보았다.

"역시나 너덜너덜해져 있군. 도대체 뭘 하면 이렇게 되는 거지?"

"뭐 어때요. 그래도 잘생겼는데."

견습 기사가 그렇게 대꾸하자 라이오스가 노골적으로 한숨을 푹 내쉬었다.

그러는 사이, 로저는 스산하게 가라앉은 눈으로 두 사람을 응시하고 있었다. 가면 너머에서 여전히 차분한, 하지만 한편으로는 언짢은 목소리가 흘러나왔다.

"결국은 이렇게 되나."

라이오스가 나타나기 전 아렌트를 죽일 수 있다면 그것만으로도 충분히 이득이라 여긴 로저였다.

하지만 라이오스가 등장한 이상, 그 뜻은 이룰 수 없게 되었다.

골목 저편에서 급하게 달려오는 황실 기사단 몇몇이 보였다.

"아, 맞다. 내가 미처 말을 못 했는데……."

라이오스의 뒤에서 숨을 몰아쉬던 아렌트가 입을 열었다. 로저의 시선이 자신에게 닿는 것을 확인한 아렌트가 씨익 웃었다.

"이름, 잘 썼다. 제법 유용하더라? 그 변태같은 가면으로 매번 얼굴을 가리고 다니니 사칭하기 편하더라고."

"……."

로저는 당연히 대답하지 않았다. 가면 때문에 표정 역시 전혀 알아볼 수 없었다. 하지만 아렌트는 충분히 만족했다. 검을 쥔 그의 손아귀에 힘이 꽉 들어가는 것을 포착했기 때문이었다.

하지만 유감스럽게도 신경이 긁힌 것은 라이오스 역시 마찬가지인 듯했다.

"빨리 가기나 해라. 후방으로 물러나서 치료나 받아."

"싫습니다. 제가 언제 고분고분하게 말 듣는 거 본 적 있어요?"

"한 번이라도 말 좀 들어라, 제발!"

라이오스가 신경질을 터뜨리는 소리를 흘려들으며 아렌트는 자리를 털고 일어났다.

여전히 눈앞이 빙빙 돌아가는 것 같았지만, 몇 마디 시답잖은 농담을 주고받았더니 그래도 몸을 움직일 수는 있을 것 같았다.

급하게 달려온 라이더가 아렌트의 한쪽 팔을 부축해 주었다.

"하여튼 사고뭉치 새끼. 괜찮냐?"

"안 괜찮습니다. 흙투성이 손으로 만지지 마세요. 더럽게, 진짜."

"아오, 한 마디를 안 져!"

라이더가 신경질을 터뜨리는 와중에, 라이오스가 명령을 내렸다.

"라이더, 다른 녀석들에게 전해라. 일단 잔당 소탕에 집중하고, 이 근처로는 접근하지 말도록."

"예? 하지만, 단장님 혼자서……."

"적어도 지금은 혼자가 편하다."

말을 중간에 끊어 버린 라이오스가 차갑게 덧붙였다.

"썩 바람직하지 못한 꼴을 보여 줄 것 같아서 그런다."

"……."

평소의 그답지 않게 증오심이 가득 묻어나는 목소리였다.

그 원인이 뭔지 짐작할 수 있었기에, 라이더는 더 이상 토 달지 않고 아렌트를 재촉했다.

"가자."

"쓸데없이 머리에 열 올리지 마세요."

라이더에게 의지해 돌아서기 전, 아렌트가 라이오스에게 한 마디를 던졌다.

"저 새끼 잡아 죽이는 것만이 우리 목적은 아니잖아요."

"……빨리 가기나 해라."

라이오스가 언짢게 대꾸했다. 아렌트는 어깨를 으쓱이고는 순순히 라이더를 따라나섰다.

목표물이었던 아렌트가 자리를 뜨자, 로저가 아쉽게 읊조렸다.

"시간을 너무 끌었나. 이번 기회에 정리해 두려고 했더니."

아렌트를 처리할 시간을 벌기 위해 라이오스 쪽에 제법 많은 인력을 투입했지만, 아무래도 역부족이었던 듯했다.

"안 됐지만, 네 상대는 나다."

라이오스가 차갑게 대답했다.

그의 신발이며 바짓단은 이미 신관과 구울들의 피에 흠뻑 젖은 채였다.

성검 역시 마찬가지였다.

살점과 핏덩어리가 엉겨 붙은 검은 라이오스의 무자비함을 대변하는 것 같았다.

그를 물끄러미 응시하던 로저가 운을 뗐다.

"달라진 건 아무래도 나만이 아닌 것 같군."

대신전에서의 싸움이 로저에게 흉한 팔을 선물했듯, 라이오스에게도 작지 않은 상흔을 남긴 듯했다.

"네가 상관할 일은 아니지."

"그것 또한 옳은 말이군."

무심한 대답에 로저가 쉽게 수긍했다.

"우리는 그저 자신이 믿는 세상을 걸고 검을 겨루기만 하면 그만이니."

"그런 거창한 이유 따위는 모른다."

라이오스가 검을 한 번 털어 내자, 엉겨붙은 핏덩어리가 떨어져 나갔다. 날카로움을 되찾은 성검을 다잡은 라이오스가 스산히 덧붙였다.

"내 사람에게 해를 끼치는 존재는 가차없이 배제할 뿐이다."

그가 성검을 드는 이유는 그걸로 충분했다.

＊　＊　＊

　충분히 거리를 벌리자마자, 콰아아앙! 지면까지 흔들릴 정도로 요란한 진동이 느껴졌다.
　라이더의 부축을 받던 아렌트가 질린 목소리로 투덜거렸다.
　"와, 씨……. 난리 났네."
　"너 때문이잖아, 새끼야."
　라이더가 짜증스레 타박을 놓았다. 멀리서 글렌과 다른 기사들이 허겁지겁 달려오는 게 보였다.
　쯧 혀를 찬 아렌트는 라이더를 밀어냈다.
　"이제 됐으니까 떨어져요. 혼자 걸을 수 있어요."
　"진짜 괜찮은 거 맞냐? 아까 심하게 비틀거리는 거 다 봤거든."
　미심쩍은 표정을 하면서도 라이더는 순순히 뒤로 물러나 주었다. 아렌트는 옷을 툭툭 털며 짜증스레 툴툴댔다.
　"괜찮을 리가 있겠어요? 저 멧돼지 같은 새끼가 돌진해 오는데. 진짜 뒈지는 줄 알았네."
　"그러게 누가 혼자서 싸우랬냐? 단장님이 아서랑 리히트 선배님도 보내 드렸는데, 그 두 사람은 어디 가고?"
　"다른 놈 상대하라고 잠깐 떨쳐 냈어요. 여유 있으면 그쪽이나 도우러 가요. 거기도 쉽지 않을 테니까."
　멀리서 달려오는 다른 기사들을 힐끗 보며 아렌트가 덧

붙였다.

아인 한 명이라면 모르겠지만, 그쪽으로도 구울이나 신관들이 가세해 올 가능성이 높았다.

'그 두 사람도 호락호락하게 당할 인간들이 아니지만……'

그렇다고 해서 시간을 오래 끄는 것도 바람직하지는 않았다.

머리 위에서 천둥 번개 같은 빛이 번쩍이며 땅울림이 느껴졌다.

라이더가 불안하게 하늘을 올려다보았다.

"이게 도대체 무슨 난린지."

"난리야 한두 번도 아니잖아요. 뭘 새삼."

시큰둥하게 대꾸한 아렌트가 물었다.

"어떻게 돌아가고 있어요?"

"일단 소환된 구울들이랑 호문쿨루스는 죄다 처리됐고. 자카르 님 일행이 왕궁 성벽 근처에서 지클린과 교전 중이라고 연락 받았어."

라이더가 마음에 안 든다는 표정을 하면서도 답을 내어 주었다.

"셰키나 님이랑 라그날드 님도 그 주변에서 악신교 병력들을 처리하고 있고. 그쪽에도 구울이랑 호문쿨루스가 출몰해서 애먹고 계신다는 것 같더군."

"……잠깐만요."

가만히 듣던 아렌트가 인상을 찌푸렸다.

"왕궁이 포위된 거예요, 지금?"

"그렇다더라. 렉시온 님이 마법으로 방벽을 쳐 두셨으니, 당장 공략당하지는 않을 거야. 아군도 접근하지 못하는 상황이라고 하니까. 내부에 남은 왕실 기사단이 걱정스럽긴 하다만……."

잠깐 침묵하던 아렌트가 물었다.

"세일럼은요?"

"어?"

라이더가 의아한 소리를 냈다. 그러자 아렌트가 짜증스럽게 재촉했다.

"세일럼한테선 보고 들어온 것 없어요?"

"왕궁으로 향하는 길에 적을 조우해서……. 두 갈래로 나뉘어졌다고 들었는데. 나머지는 왕궁 근처에서 자카르 님 쪽과 합류했대. 그 뒤로는 나도 잘 몰라. 전투하느라 정신없었으니까."

주절대던 라이더가 문득 이변을 깨닫고는 미간을 찌푸렸다.

"뭐야, 너 왜 그래?"

아렌트의 표정이 어느 순간부터 딱딱하게 굳어 있었다.

"그러니까 지금, 세일럼의 위치는 확인이 안 된 거죠?"

"……굳이 말하자면 그렇지. 아마 자카르 님 쪽에 같이 계실, 야, 잠깐만!"

얼떨떨하게 대꾸하던 라이더가 놀라 소리쳤다.

갑자기 몸을 휙 돌린 아렌트가 빠른 걸음으로 멀어지기 시작한 거였다.

라이더가 거의 뛰다시피 해 그를 따라잡았다.

"뭐, 뭐야, 왜 그래?"

"그 녀석, 전장에 합류해 올 것 같아서. 다른 쪽엔 참견하지 말고 왕궁 쪽으로 가라고 했어요."

"아니, 잠깐만 기다려 봐!"

덩달아 마음이 급해진 라이더가 아렌트의 어깨를 붙잡아 세웠다.

"그럼 자카르 님이랑 같이 계시겠지. 라그날드 님이랑 세키나 님도 그렇게 합류하신 것 같고. 애초에 지금은 왕궁 안으로 접근도 못 하는 상태라니까?"

"아마 아닐걸요. 그 애새끼……."

아렌트가 인상을 와락 구겼다.

"어떻게든 왕궁 안으로 들어가려고 했을 거예요. 세일럼이라면 숨겨진 길을 찾는 것도 가능하겠죠. 정령들이 있으니까."

"만약 들어가셨다더라도 뭐가 문제야? 왕실 기사단이 있잖아."

"아오, 진짜!"

빠악!

아렌트의 발길질이 정확히 정강이를 걷어찼다.

"끄흐윽!"

"답답해서 미치겠네! 선배 바보 멍청이예요? 저 광신도 새끼들이 왜 저렇게까지 왕궁을 강탈하려고 발광하겠어요?"

주저앉아 끙끙대는 라이더에게 짜증이 가득 실린 목소리가 쏘아졌다.

"미친 파충류랑 로저, 저 멧돼지 새끼에 지클린까지 와 있다는 게 무슨 뜻이겠냐고요. 왕궁 안에 아직 저놈들이 처먹을 게 남아 있단 소리잖아요, 지금!"

"끄윽, 그렇다고 넌 선배를 패냐? 이 위아래도 없는 새끼야!"

간신히 고개를 든 라이더가 빽 고함을 질렀다. 두 사람이 실랑이하는 사이, 글렌과 다른 기사들 역시 다가왔다.

"뭐야, 너네. 이런 상황에 무슨 바보짓이야?"

"아니, 저 새끼가 지금 저 꼴을 하고서 다짜고짜 튀어가려고 하잖습니까!"

글렌이 황당하게 묻는 말에 라이더가 억울하게 대답했다. 거기에 대고 아렌트가 신경질적으로 쏘아붙였다.

"선배가 멍청해서 그런 거잖아요. 어쨌든, 아서 선배랑 리히트 선배 쪽이나 지원하러 가요. 저는 세일럼을 따라가 볼 테니까."

"하여튼 진짜 고집은……."

글렌이 질린 목소리로 중얼거렸.

천박하게 싸워 보자고. 〈197〉

"알았어. 그러면 라이더, 네가 아렌트랑 같이 가. 우리는 리히트 선배랑 아서 녀석을 찾으러 갈 테니."

어차피 물러나 있으라고 해봤자 순순히 말을 들을 녀석이 아니니, 빠르게 포기한 것이다.

"너, 통신구 가지고 있어? 아까부터 영 통신을 안 받더니."

"가지고 있어요. 치고받고 싸우느라 미처 받을 틈이 없었…… 아!"

확인시켜주듯 통신용 수정구를 꺼내보던 아렌트가 짧게 탄성을 터뜨렸다.

로저와 치고받고 싸우던 통에 통신구가 깨져 있었다.

"그럴 줄 알았지. 자."

쯧 혀를 찬 글렌이 자신의 품에 있던 통신구를 휙 던져주었다. 아렌트는 뚱한 얼굴로 그것을 받아냈다.

글렌이 협박하듯 덧붙였다.

"무슨 일 있으면 바로 보고해. 미리 말해 두지만, 왕궁 내부로 진입하는 데 실패하면 바로 돌아와라. 괜히 여기저기 쏘다니다가 봉변당하지 말고."

"하여튼 잔소리는. 라이더 선배도 굳이 안 따라오셔도 됩니다만. 그렇게 여유로운 상황도 못 될 텐데요?"

"시끄러, 이 싸가지없는 놈아. 너 혼자 보냈다가 나중에 단장님한테 무슨 소릴 들으……."

미처 글렌이 말을 마치기도 전, 콰아아앙! 사방이 뒤흔들리는 폭음이 터져 나왔다. 이번에는 왕궁 쪽이었다.

"……!"

기사들은 반사적으로 왕궁을 향해 고개를 돌렸다.

먹구름 같은 마력 소용돌이 사이에, 허공에서 대치하는 두 존재의 실루엣이 보였다.

니케포르와 렉시온이었다.

방금까지 채 육안으로 확인할 수 없던, 왕궁을 뒤덮은 돔 같은 방어벽이 얼핏 모습을 드러냈다.

렉시온의 마력이 조금씩 흔들리기 시작했다는 뜻이었다.

쯧 혀를 찬 아렌트가 기사들을 보았다.

"떠들 시간 없어요, 선배들도 당장 움직여요."

"견습 기사 주제에 명령하지 마! 어쨌든 너희 둘, 무슨 일 있으면 꼭 보고해. 위험한 짓 하지 말고. 라이더, 넌 저 새끼 옆에서 절대로 떨어지지 마."

짜증스럽게 대꾸한 글렌은 다른 기사들을 리히트와 아서를 찾으러 떠났다. 아렌트와 라이더 역시 몸을 빙글 돌려 어두운 길을 따라 달려갔다.

목적지는 멀지 않은 곳에 있는 왕궁이었다.

4장. 자비로운 그늘 아래에서

자비로운 그늘 아래에서

"……그러니까, 왕궁에 뭐가 숨겨져 있다고?"
"뭔지는 저도 잘 모릅니다. 그냥 뭐가 있겠거니 하고 추측했을 뿐이지."
라이더의 물음에 아렌트가 쌀쌀맞게 대답했다.
"작은 가능성이라도 배제할 수 없어서, 일단 왕실 사람들을 밖으로 내보낸 겁니다. 괜히 내버려뒀다가 인질이라도 잡히면 걸리적거릴 테고……."
"순서대로 설명해, 이 자식아. 무슨 말인지 하나도 못 알아듣겠으니까."
타박을 놓는 라이더를 한 번 흘겨본 아렌트가 말을 이었다.
"둔해 빠져서는. 처음에는 반란을 일으키려고 했어요.

서민들을 뒤흔들고, 결국에는 왕실까지 침투해서 국왕 전하를 구울로 만들었죠."

무슨 수를 썼는지는 알 수 없었지만, 이미 민심은 곳곳에서 뒤흔들리고 있었다.

"아마 구울이 된 전하를 사람들 앞에 내보이면서, 체르니온 신의 저주가 내렸다며 사람들을 선동했을 거예요. 나라 전체가 이 꼴이 되고 싶지 않다면, 빅토르 왕세자를 폐위하고 다른 후계자를 내세워야 한다고요. 뭐, 여기까지는 제 추측일 뿐이지만……. 이쪽은 나중에 왕실 내부의 배신자를 문초해 보면 좀 더 정확히 알 수 있겠죠."

한 번 숨을 몰아쉰 아렌트가 계속해서 설명했다.

"어쨌든 그런 식으로 사람들을 뒤흔든 다음, 구울들과 호문쿨루스를 앞세워서 내전을 벌였을 겁니다. 우리가 지원하러 오지 않았더라면 루카인 왕국은 순식간에 집어삼켜졌겠죠."

아렌트가 인상을 살짝 찌푸렸다.

"국왕이 구울이 되었다는 건 시종장과 미들턴 공작 외에는 아무도 몰랐어요. 놈들 사이에서도 그건 극비로 치부되었다는 뜻이에요. 그런데 그것과는 별개로 시종들 사이에서는 활발하게 지령이 오갔단 말이죠."

"지령?"

"네. 부서진 심장의 검 이름으로, 왕궁 바깥에서 전달된 거라는데……. 최초 발신자가 누군지는 시종들도 모른다고 했어요. 그리고 유감스럽게도 지령을 직접 수행한 놈들은 자백하길 거부해서 전부 죽여 버렸고요."

가만히 듣던 라이더가 놀라 되물었다.

"죽였다고? 네가?"

"주도는 제가 했지만, 절차는 문제없었습니다. 왕세자 저하 입회하에 처형은 왕실 기사단이 했으니까. 오래 살려둬 봤자 마음을 바꿀 것 같진 않아서 더 정신없어지기 전에 정리했습니다."

"……."

라이더가 아렌트를 향해 다소 질렸다는 시선을 보냈다.

지금 상황만을 비춰 봤을 때는 분명 옳은 선택이었다.

하지만 싸움이 벌어지기 전에 미리 다 정리해 버렸다는 건, 도대체 몇 수를 내다본 건지.

"어쨌든, 그놈들 사이에 떠돌아다닌 지령이 뭔지 정확히 알아내지 못했는데……. 딱히 귀족들을 건든 흔적도 없었고, 그렇다고 함부로 포교를 시도한 것 같지도 않았어요. 그렇다면 생각할 수 있는 건 딱 하나뿐이죠."

"왕궁 내부를 수색하는 거?"

"이제야 이해하신 모양이네. 라이오스 단장님이랑 렉시온 님도 같은 의견이라고 말씀하셨어요. 아무래도 확실한 게 아니라 단장님도 선배들한테까지 정보를 공유하시지는 않은 것 같습니다만……."

아렌트는 시선을 들어 반투명한 돔 모양의 방벽을 올려다보았다.

"되도록이면 일이 터지기 전에 어떻게든 찾아보려고 했는데요. 그러기에는 시간도 인력도 부족했어요. 르웰린이야 좀 쓸 만하겠지만, 뻔히 싸움이 벌어질 걸 알면서 그 녀석을 왕궁 안에 남겨 놓는 것도 좀 그렇잖아요."

"그래서 세일럼 님을?"

"네. 맞아요. 정령사인 그 녀석이라면 수색을 좀 더 쉽게 할 수 있을 테니까요. 세일럼 녀석도 데리고 와 달라고 렉시온 님한테 부탁드렸어요. 겸사겸사 라그날드 님이랑 세키나 님의 지원도 받으려고. 하지만 설마 일이 이렇게까지 될 줄은……."

아렌트가 언짢게 투덜거렸다.

"만에 하나 렉시온 님의 방어벽이 깨지기라도 하면, 그 미친 새끼들이 한꺼번에 안쪽으로 밀려들 겁니다. 아직 놈들은 목적을 이루지 못한 상태니까요."

세일럼이 혼자 그걸 감당해낼 수 있을 리가 없었다.

"그러니 지금 우리는 세일럼이랑 합류해서, 놈들이 찾아 헤매던 게 뭔지 한발 먼저 파악한 다음에 그걸 박살내든 먼저 빼돌리든 해야 합니다. 그래야 이 정신 나간 아수라장에서 승산을 올릴 수 있어요."

"승산 좋아하시네."

라이더가 짧게 투덜거렸다.

혼자 침투한 세일럼이 봉변이라도 당할까 봐 걱정되어서 안달 난 주제에.

하지만 굳이 입 밖으로 그 말을 꺼내지는 않았다. 그랬다간 저 망할 견습 놈에게 분명 온갖 욕을 다 처먹게 될 테니까.

"그래서, 놈들이 찾는 게 뭔지도 짚이는 구석이 있어?"

"아마도 물건 같은 게 아니라, 니케포르가 집착하는……."

아렌트가 말을 채 끝맺기도 전, 라이더가 앞서가던 그의 뒷덜미를 급하게 움켜쥐었다.

"야, 숙여!"

"……!"

두 사람이 반사적으로 몸을 확 낮췄다.

콰아앙!

다음 순간, 바로 옆의 건물 지붕에 커다란 불덩어리가 직격했다.

파편이 사방으로 흩날리며 건물이 통째로 타오르기 시작했다.

새카만 연기가 피어오르는 건물을 등진 아렌트가 급히 주변을 둘러보았다.

멀지 않은 곳에서 검은 로브를 뒤집어쓴 적들이 그들을 노리고 있었다.

라이더가 인상을 와락 구겼다.

"미친, 저것들 마법사 아냐?"

자비로운 그늘 아래에서 〈207〉

"일단은 달려요! 잡것들 하나하나 다 상대할 시간 없어요."

아렌트가 라이더의 팔을 잡아끌었다. 퍼뜩 정신을 차린 라이더가 고개를 끄덕이고 곧장 그를 따라나섰다.

갈림길에서 잠깐 멈춰 서서 주변을 확인한 아렌트가 으슥한 곳으로 걸음을 옮겼다.

"야, 어디 가?"

"정면으로는 못 들어간다면서요? 그러면 다른 길을 찾아야죠. 지하에 수로가 있습니다."

빅토르를 내보낼 탈출 경로를 파악하며 왕국의 옛 지도를 대충이나마 머릿속에 넣어 둔 그였다.

"뒷골목 주변에 그쪽으로 통하는 하수구가 있어요. 잔말 말고 따라오기나 해요."

다소 헤매겠지만, 지금은 그것 외에는 방법이 없었다.

"진짜 이 싸가지 없는 놈……. 알았으니까 앞장서기나 해."

라이더는 투덜대면서도 순순히 그의 뒤를 따라나섰다.

하지만 얼마 지나지 않아 두 사람의 앞에 낯선 기척이 존재감을 드러냈다. 아렌트와 라이더는 반사적으로 걸음을 멈췄다.

그들의 바로 코앞에 어둠이 뭉클, 피어나더니 한 존재가 모습을 드러냈다.

새카만 털로 뒤덮인 큰 개 한 마리였다.

잠깐 멍하니 있던 아렌트가 퍼뜩 정신을 차리고 그를 불렀다.

"스텔?"

스텔은 대답하는 대신 몸을 빙글 돌리더니 아렌트를 돌아보았다. 마치 따라오라는 것 같은 몸짓이었다.

"하여튼 그 드래곤······."

아렌트가 황당하게 읊조렸다. 본인도 싸우느라 여력이 없을 텐데도, 그들을 위해 스텔을 아래에 남겨 둔 거였다.

아렌트가 라이더를 툭 쳤다.

"가죠. 안내해 주려는 모양이에요."

"어? 어어."

멍하니 있던 라이더가 얼떨떨하게 고개를 끄덕였다.

* * *

"죽음을 두려워한다면 결코 승자가 될 수 없다."

천둥과도 닮은 목소리가 머릿속을 파고들었다. 엘프 행세를 집어치운 니케포르의 용언이었다.

"그것이 자신의 죽음이든, 남의 죽음이든 마찬가지지."

인간 흉내를 그만둔 것은 렉시온 역시 마찬가지였다. 드래곤 특유의 기운을 뿜어내며 렉시온이 음산하게 답했다.

"목숨 귀한 줄도 모르는 머저리들이 승리를 거머쥐어 봤자 의미 없지."

새빨간 눈동자가 어둠 속에서 증오를 담아 렉시온을 노려보았다.

"과거, 네놈들이 패배한 이유를 아직도 깨닫지 못하는 군. 이번에도 결과는 다르지 않을 테지."

꽈르릉!

천둥이 몰아치며 렉시온을 향해 똑바로 공격이 날아들었다. 하지만 렉시온은 손을 한 번 휘젓는 것으로 천둥의 방향을 틀어버렸다.

손이 검게 탔지만, 렉시온은 아랑곳하지 않았다.

렉시온의 주변으로 검은 어둠이 몰아쳤다. 순식간에 늑대의 모양새로 변한 마력이 니케포르를 물어뜯기 위해 달려들었다.

니케포르의 두 발, 어깨에 달라붙은 늑대가 팔다리를 물어뜯었다.

피가 흩뿌려졌지만, 니케포르는 날카로운 손톱으로 간단하게 그 존재들을 찢어발겼다.

"아니, 이번에야말로 세상은 바뀌게 될 거야. 자비로운 어둠께서 곧 이 세상을 벨벳 같은 밤하늘로 덮으실지니."

니케포르의 핏발 선 눈동자에 선명한 웃음이 드리웠다.

"체르니온 님만의 완벽한 세상이 오는 거란다, 렉시.

멋지지 않니? 너의 루체 님께서도 실패한 일을, 이번 대의 아이들이 이뤄 내 줄 거란다. 이번에도 영웅을 앞세워서 내 앞을 막을 테니?"

우르릉, 쿠르릉.

번쩍이는 천둥 사이에서 니케포르가 황홀하게 외쳤다.

"아니면, 순리에서 벗어난 어린애로 뭐라도 해 볼 셈인가? 그 꼬맹이가 뭐라도 할 수 있을 거라, 진심으로 그리 생각해?"

"웃기고 있네. 이 정신 나간 노친네야."

렉시온 역시 비웃음을 터뜨렸다.

"순리에서 벗어난 주제에 아직도 저렇게 활개 치고 날뛰는데, 우리 따위가 뭐 어떻게 할 수 있는 놈이 아냐. 체르니온 님도, 루체 님도 어찌하지 못하는 놈을, 우리가 감히?"

어둠의 마력이 휘몰아치며 거대한 태풍을 만들어 냈다.

두 드래곤 모두 아래에 있는 약한 존재들을 배려해 자제하던 손속이 점점 과감해지고 있었다.

전투의 여파로, 지상의 약한 것들의 기준에 맞춰 두었던 이성이 서서히 마비되고 있었다.

"그 망할 애새끼를 손에 넣지 못하는 이상, 그 어느 쪽도 승리하지 못할 것이다. 내가 장담하지."

렉시온이 광소를 터뜨렸다.

우르릉. 거대한 폭풍이 렉시온의 손끝에서 피어났다.

우드득, 우드득. 뼈가 부러지는 소리와 함께 두 드래곤의 날개가 거대해졌다.

얼마 지나지 않아, 그나마 지상의 존재와 비슷한 형체를 띠던 모습들이 뒤틀리기 시작했다.

밤하늘을 휩쓰는 천둥과 마력 폭풍이 더욱 거세졌다.

* * *

소란스러운 바깥과는 달리, 왕궁 내부는 이상할 정도로 조용했다.

세일럼은 조심스럽게 수로 밖으로 고개를 내밀었다.

'이상한데.'

아직 왕궁 안 역시 싸움이 벌어지고 있어야 정상이었다.

하지만 엘프의 예민한 감각으로 최선을 다해 귀를 기울여 봐도, 사위는 쥐 죽은 듯 고요할 뿐이었다.

그 사이 왕실 기사단이 전투를 마무리했다더라도, 이 정도로 조용할 리가 없었다. 지금쯤이면 뒷수습에 한창이어야 할 테니까.

세일럼은 조심조심 바깥으로 나왔다.

두 정령 역시 세일럼의 뒤를 따라 포르르 날아올랐다.

"주변을 살펴봐 줘. 위험한 게 있으면 알려 주고."

수로로 통하는 지하에서 지상의 정원으로 나갈 때까지, 세일럼은 자신 외에 그 어떤 인기척도 느끼지 못했다.

결계의 영향인지, 드래곤들의 싸움 때문에 엉망이던 밤하늘도 그저 평온할 뿐이었다.

"이게 도대체……."

세일럼이 아연하게 읊조렸다.

그때, 한발 먼저 주변을 둘러보고 온 정령, 레이가 세일럼의 곁으로 돌아왔다.

"뭐라도 찾았어?"

세일럼은 마치 따라오라는 듯 날갯짓하는 정령의 뒤를 따라 걷기 시작했다.

얼마 지나지 않아 다른 쪽 정령, 루나 역시 곁으로 다가왔다.

잠시 후, 그는 문득 피비린내가 점차 진해진다는 것을 깨달았다. 격전이 벌어진 곳과 점차 가까워지고 있는 것이다.

마음이 급해진 세일럼은 더욱 걸음을 재촉했다.

그리고 얼마 지나지 않아, 세일럼은 저도 모르게 입을 틀어막고 말았다.

"……."

당장 수를 헤아릴 수도 없을 정도로 많은 인간들이, 저마다 무기를 틀어쥔 채 서로 뒤엉켜 지면에 널브러져 있었다.

사방에 산재한 시신들이 아직도 채 마르지 않은 피를 쏟아 냈다. 채 눈을 감지도 못하고 숨진 이들도 심심찮게 보였다.

그들 중 인기척을 내는 존재는 단 한 명도 없었다.

마치 죽음의 그림자가 왕궁 전체를 휩쓸고 지나간 것 같았다.

* * *

루나가 정신 차리라는 듯 세일럼의 뺨을 콕 쪼았다. 화들짝 놀라 고개를 든 세일럼은 레이가 누군가의 머리 위에 안착했다는 사실을 깨달았다.

왕실 기사단 상징이 박힌 갑옷을 입은 기사였다.

"아직 살아 있다고?"

멍하니 있던 세일럼이 퍼뜩 정신을 차렸다.

급하게 기사에게 달려간 세일럼은 맥을 짚어 보았다. 안정적인 심박이 느껴졌다. 호흡 역시 흐트러짐 없이 고르기만 했다.

"잠들었을 뿐이야?"

아연해진 세일럼은 황급히 다른 사람들도 확인했다.

쓰러진 사람 대부분이 단순히 의식을 잃었을 뿐, 생명에는 지장이 없는 것 같았다.

다시 몸을 일으킨 세일럼이 곤혹스럽게 중얼거렸다.

"이게 도대체……."

심지어 심각한 부상을 입은 자들도 고통스러운 기색조차 없이 곤히 잠들어 있었다.

"설마 렉시온 님의 마법인가?"

세일럼이 혼잣말처럼 읊조리는 말에 루나가 고개를 도리도리 내저었다.

"뭐? 아니라고? 그럼 다른 원인이 있다는 거야? 그게 뭔지는 정확히 알 수는 없고?"

이번에는 레이가 빙그르르, 세일럼의 머리 위를 한 바퀴 돌았다. 마치 그렇다고 대답하는 것 같았다.

세일럼은 망연히 선 채 고민에 빠져들었다.

왕궁 안에 뭔가 이변이 닥쳤다는 건 확실했다. 하지만 지금 당장으로서는 확인할 방법이 없었다.

"……."

왕궁 밖은 이미 아수라장일 테니, 지금 밖으로 빠져나가 누군가에게 보고해도 무용지물일 것 같았다.

움직일 수 있는 모든 이들이 저마다 전투에 발이 묶인 채니까.

심지어는 최고 사령관인 라이오스마저도 전투에 나선 듯한 눈치니, 당장 사람을 구하기에는 무리가 있을 듯했다.

게다가 자리를 비웠다가는 그 틈에 무슨 일이 벌어질지

도 예측할 수 없었다.

결론을 내린 세일럼이 마른침을 삼켰다.

"……잠깐 탐색하는 것 정도는 괜찮겠지."

이곳에 발을 들이기로 한 건 자신이니, 스스로 선택한 '역할'은 제대로 수행해야 했다.

아렌트가 이따금 지나가는 것처럼 말하듯이.

막 걸음을 옮기려던 세일럼은 미련이 남는 눈으로 곤히 잠든 부상자들을 돌아보았다.

평화롭게 잠든 얼굴이었지만, 크게 부상당한 자리에서는 여전히 붉은 피가 샘솟고 있었다.

세일럼은 다시 갈등할 수밖에 없었다.

'아렌트 경이라면 어떻게 하셨을까.'

자연스레 그런 생각이 들었다.

매사에 냉정한 사람이니, 매몰차게 돌아섰을지도 모른다. 모든 일에는 우선순위가 있다고 말하면서.

하지만 그렇다고 해서 이들이 모두 죽게 내버려둘 것 같지도 않았다. 어떻게든 방법을 찾아냈겠지.

마른침을 삼킨 세일럼이 정령들에게 명령했다.

"너희들은 왕궁을 돌아보면서 뭔가 수상한 게 없는지 찾아줘. 그러니까……. 숨겨진 공간이나, 수상한 사람이나, 아니면 이상한 기운이 느껴지는 물건을 찾으면 나한테 알려 주고. 나는 여기에서 응급 처치를 하고 있을게."

고개를 끄덕인 루나와 레이가 포르르 날아갔다. 곧장

팔을 걷어붙인 세일럼은 다시 널브러진 사람들 쪽으로 돌아섰다.

그저 곯아떨어진 사람, 시신, 그리고 부상자들이 뒤엉킨 현장은 엉망진창이었다.

'우선 시신과 부상자들을 구분하고…….'

엘프의 감각을 총동원하면 죽은 자와 산 자를 구분하는 건 어렵지 않을 것 같았다.

가망이 없어 보이는 사람은 과감하게 포기하고, 치료 없이도 어느 정도 버틸 수 있을 것 같은 이들도 그냥 내버려두기로 했다.

감히 자신의 판단으로 생사를 판가름하는 게 옳은지, 잠깐 그런 고민이 머리를 스쳤지만, 세일럼은 애써 잡념을 떨쳐 버렸다.

'이게 내가 할 수 있는 최선이야.'

마음을 굳게 먹은 세일럼은 검을 뽑아 주변 시신이 걸친 옷을 찢어 모으기 시작했다.

붕대 대용으로 사용하기 위해서였다.

* * *

뚝. 뚝. 천장에서 물이 떨어졌다.

물이 썩는 냄새가 코를 찔렀다. 종아리까지 차오른 더러운 물이 옷을 적셨지만, 아렌트는 묵묵히 스텔의 뒤를 따라 걷기만 했다.

검은 개 역시 더러운 물을 헤치며 앞으로 나아가고 있었다.

한참 동안 이어진 침묵을 견디지 못한 라이더가 물었다.

"도대체 저 녀석은 정체가 뭐야? 렉시온 님의 심부름꾼이라는 건 알겠는데."

"뭐긴요. 그냥 그 사람이 키우는 똥개지."

아렌트가 시큰둥하게 대꾸했다.

"평범한 개는 아니겠지만, 뭐. 나중에 본인한테 물어봐요. 저도 잘 모르니까."

"……전부터 말하고 싶었는데, 드래곤한테 스스럼없이 말을 걸 수 있는 건 너 정도밖에 없거든? 아니면 슈타들러 백작님 같은 괴짜라거나."

"선배들이 겁쟁이에 새가슴인 거라고 몇 번이나 말했을 텐데요."

뚱한 대꾸가 돌아오자 라이더가 아렌트를 곱지 않은 눈으로 흘겨보았다.

"하여튼 싸가지 없기는."

"딱히 부정하지는 않겠습니다만, 갑자기 싸가지를 챙겨도 당황스럽지 않을까요? 원하시는 대로 예의 차려 드려요?"

"……."

라이더는 그냥 얌전히 입을 다물었다.

더 지껄여 봤자 늘 그랬듯 자신만 손해 볼 것 같다는 직감이 강하게 든 탓이었다.

이런 와중에도 스텔은 아무것도 듣지 못했다는 것처럼 천천히 앞으로 나아갈 뿐이었다.

쿵. 쿠우웅.

이따금 지진 같은 울림이 들려오며 고인 물에 파장을 일으켰다.

머리 위에서 무시무시한 존재들이 싸움을 벌이고 있다는 의미였다.

라이더는 조금 아득해졌다.

'하늘에서는 드래곤들이 싸움을 벌이고······.'

지상에서는 영웅과 그 대적자가 생사결을 펼치고 있었다.

그리고 지금 눈앞에는 말도 안 되는 괴물 견습 후배가 드래곤의 수족을 앞세워 걷는 중이고.

모든 것 하나하나가 다 말도 안 되는 상황이었다.

그런 와중에도 아렌트와 멍청한 대거리를 벌일 수 있다는 점이 가장 현실감 없는 부분이었다.

라이더의 미간이 자연스레 좁혀졌다.

'그것보다······.'

진짜 괜찮은 건가.

앞서가는 아렌트를 응시하는 시선에 불안감이 스쳤다.

아렌트에게서 느껴지는 은은한 혈향과 냉기가 자꾸만 라이더의 신경을 곤두서게 했다.

'평소처럼 엄살떨면 차라리 낫지.'

그런 게 아니라면 죽기 직전까지 신음 소리 한 번 안 낼 정도로 독한 새끼니, 좀처럼 마음을 놓을 수가 없었다.

얼마나 걸었을까. 점점 발아래 고인 물의 수위가 낮아지기 시작하더니 곧 진흙으로 가득 찬 지면이 그들을 맞이했다.

그리고 얼마 지나지 않아 가장 선두에 있던 검은 개가 걸음을 멈췄다.

"여기서부터 넌 못 간다고?"

아렌트가 눈살을 찌푸리며 물었다.

마치 그렇다고 대답하는 것처럼, 스텔은 몸을 돌려 아렌트에게 다가왔다.

탁한 눈동자가 아렌트를 빤히 올려다보았다.

당장 렉시온에게 돌아가고 싶은데, 아렌트를 두고 가는 것도 영 내키지 않는다는 기색이었다.

그 뜻을 어렵잖게 읽어낸 아렌트가 쯧 혀를 찼다.

"됐으니 빨리 꺼지기나 해. 길 잃어버린 똥개처럼 그러고 있지 말고. 난 알아서 할 테니까. 지금 누굴 애새끼 취급하는 거야?"

"……."

스텔은 여전히 개운치 않다는 눈으로 아렌트를 응시했다. 하지만 그것도 잠시, 그는 미련 없이 종종걸음으로 두 사람에게서 멀어지기 시작했다. 얼마 후, 큰 개의 모습이 어둠에 녹아들듯 스륵 사라졌다.

뚱하니 아렌트를 보던 라이더가 한 마디를 얹었다.

"아무래도 넌 애새끼가 맞지."

"지금 제일 좋을 나이죠. 젊은 나이가 부러우면 그냥 그렇다고 말씀하세요."

"……."

라이더는 잠깐 거미줄이 잔뜩 낀 천장을 올려다보았다.

"하아아……."

이럴 상황이 아니라는 건 잘 알고 있었다. 하지만 마음속 깊은 곳에서 끓어오르는 짜증은 어쩔 수가 없었다.

아렌트는 그런 선배를 힐끗 곁눈질하고는 다시 앞으로 나아가기 시작했다. 퍼뜩 정신을 차린 라이더가 급하게 그의 뒤를 따라갔다.

"같이 가, 이 자식아. 길은 알고 가는 거야?"

"둔해 빠진 선배는 미처 눈치 못 챘겠지만, 저쪽에서 바람이 들어오고 있잖아요."

아렌트가 시큰둥하게 대답했다.

"스텔이 우리를 하수구 한가운데에 버려 두고 갈 리도 없고. 출구가 머지않았을 겁니다."

"그놈에 둔하다는 말은 좀 뺄 수 없냐?"

"둔한 사람한테 둔하다고 하는 데 뭐가 나빠요?"

바야흐로 다시 말싸움을 벌이는 소리가 좁은 수로를 가득 채웠다.

그러는 와중에도 라이더는 문득 생각했다.

'어디서 서늘한 기운이 느껴지는 것 같은데…….'

어느 순간부터 머리 위에서 들려오던 소음은 멎은 뒤였다.

* * *

쿠르르릉!

한층 더 가까이 들리는 천둥 소리에 아서와 리히트가 동시에 고개를 들었다. 저도 모르게 움직임을 멈춘 것은 아인과 적들 역시 마찬가지였다.

"이런 미친…….”

아서가 탄식을 흘렸다. 하늘 상태가 심상치 않았다. 먹구름처럼 잔뜩 낀 검은 마력이 소용돌이치고, 그 틈으로 사이로 연신 천둥 번개가 번쩍였다.

몰아치는 마력 탓에 속이 울렁거리고 숨이 턱턱 막힐 지경이었다. 주변을 휩쓰는 바람 역시 점차 거세지고 있었다.

"선배님, 이거 위험한 거 아닙니까?"

"드래곤끼리의 다툼은 천재지변을 일으킨다더니……."

아서의 말에 리히트가 신음처럼 중얼거렸다.

신관 역시 위기감을 느끼고는 급히 아인에게 다가섰다.

"아인 님, 상황이 심상치 않습니다. 아무래도 니케포르 님께서……."

"최대한 빨리 이 자리를 정리하고 로저 님과 합류한다."

그렇게 지시를 내린 아인이 자신의 검을 다잡았다.

그것을 알아차린 아서와 리히트 역시 다시 전투태세를 잡으려는 찰나.

우당탕!

"커헉!"

어디선가 날아온 신관 하나가 비명을 지르며 담벼락에 처박혔다.

"리히트 선배님, 아서!"

뒤이어 글렌이 고함치는 소리가 길 건너편에서 들려왔다. 아서가 반사적으로 고개를 돌렸다.

글렌과 다른 이들이 이쪽으로 달려오고 있었다. 같은 것을 발견한 아인이 후드 속에서 얼굴을 굳혔다.

이렇게 되면 승산은 거의 없다고 봐야 할 것 같았다.

"일단 지금 자리를 벗어나야……."

하지만 미처 그가 명령을 내리기도 전, 퍽!

어디선가 날아온 화살이 바로 옆에 서 있던 신관의 머리를 관통했다.

"……!"

털썩. 신관은 비명도 채 지르지 못하고 쓰러졌다.

아인은 급히 주변을 확인했다. 하지만 작정하고 몸을 숨긴 엘프 궁수의 모습을 육안으로 포착해 내는 것은 불가능한 일이었다.

"어딜 튀려고, 새끼야."

검을 다잡은 아서가 살벌하게 으르렁댔다.

어느샌가 뒤에서도 3기사단의 기사가 살기를 품으며 천천히 접근해오고 있었다.

이대로 몸을 돌려 도망쳐 봤자, 어딘가에 숨어 있을 엘프 궁수에게 머리가 꿰뚫릴 게 틀림없었다.

"……포위당했습니다, 아인 님."

살아남은 신관이 침착하게 보고했다.

"염려치 마라. 어둠께서 함께 하신다."

얼굴을 딱딱하게 굳힌 아인이 검을 다잡았다.

"체르니온 님의 이름을 걸고, 더러운 빛의 종자들을 지옥으로 끌고 들어가자."

* * *

피비린내 때문에 속이 자꾸만 역해지려고 했지만, 세일

럼은 포기하지 않았다.

 죽은 사람들 사이에서 부상자를 가려내고, 그중에서도 그나마 생존할 가망이 보이는 이들의 상처부터 먼저 치료하기 시작했다.

 엘프 왕국에서 치료 주술사의 후계로 지내며 배웠던 의술이 도움이 되는 순간이었다.

 하지만 생각했던 것보다도 더욱 어려운 일이었다.

 어떻게든 치료에 열중해 보려던 세일럼은 문득 피범벅이 된 자신의 손을 내려다보았다.

 이제야 막 굳은살이 잡혀 가는 손에 끈적이고 미끌대는 피가 잔뜩 묻어 있었다.

 "으……."

 한순간 헛구역질이 올라오려 했지만, 세일럼은 어떻게든 눌러 담았다. 그러느라 커다란 눈에 눈물이 한가득 고였지만, 세일럼은 그 역시 옷소매로 대강 문질러 닦아 버렸다.

 그가 선택한 일이니, 멍청하게 굴고 싶지는 않았다.

 제법 많은 부상자를 치료하는 와중에도 잠에서 깨는 사람은 아무도 없었다.

 시간이 흐를수록 얕게나마 붙잡고 있던 생명의 끈을 놔 버리는 이들도 생겼다. 하지만 그들은 마지막 순간까지도 편안한 수마에 잠겨 있을 뿐이었다.

 '정신 차려.'

세일럼은 정신을 다잡고, 절단된 팔을 부여잡고 잠든 이의 상처를 지혈했다.

새삼 비릿하게 느껴지는 혈향에 꾹꾹 눌러 담았던 눈물이 다시 샘솟기 시작했다.

이따금 손에 닿는 시신의 서늘한 감촉도, 영영 초점을 잃어버린 눈동자들도, 곤히 잠든 이들도 모두 무섭기만 했다.

"욱……. 우욱……."

하지만 닭똥 같은 눈물을 뚝뚝 흘리면서도 세일럼은 움직임을 멈추지 않았다.

이들을 살리는 건 지금 당장 자신만이 할 수 있는 일이었으니까.

그러길 얼마나 지났을까, 탐사하러 보냈던 정령 중 하나가 멀리서 날갯짓하며 다가왔다.

"루나?"

세일럼이 고개를 들자, 루나는 근처에 쓰러진 시신을 횃대 삼아 살포시 내려앉았다.

"뭐라도 찾았어? 레이는?"

루나가 세일럼과 시선을 맞추며 고개를 기울였다. 세일럼은 어렵잖게 루나의 의사를 읽을 수 있었다.

"……좀 더 돌아보고 있어? 넌 날 먼저 데리러 온 거고?"

작은 새가 그렇다는 듯 고개를 끄덕이곤 다시 포르르

날아올라 재촉하듯 세일럼의 옷깃을 물고 잡아당겼다.
 얼떨결에 엉거주춤 몸을 일으킨 세일럼은 루나를 따라 무거운 걸음을 옮겼다.
 하지만 그는 얼마 가지 못하고 미련 남는 눈으로 뒤를 돌아볼 수밖에 없었다.
 "……."
 아직 치료하지 못한 이들이 많이 남아 있었다.
 이대로 자리를 비워 버리면 높은 **확률로 숨을 거둘 게** 분명했다.
 루나는 더 이상 세일럼을 재촉하지 않고 가만히 기다리기만 했다.
 마치 모든 선택은 세일럼에게 달려 있다고 말하는 것처럼.
 잠깐의 갈등 끝에, 세일럼은 입술을 꾹 깨물고 걸음을 돌렸다.
 "어디로 가면 돼?"
 부상자들을 구해 내는 것만이 그의 임무는 아니었다. 애초에 왕궁으로 들어온 이유는 따로 있으니까.
 루나는 가볍게 날갯짓하며 앞장서기 시작했다.
 시신을 타 넘고, 이따금씩 치료하지 못한 부상자들도 외면하며 세일럼은 루나가 이끄는 대로 전장을 가로질렀다.
 정령은 그를 한적한 곳에 자리한 궁으로 이끌었다.

전장에서 상당히 멀어지고, 잘 다듬어진 정원에 발을 들인 다음에도 사위는 쥐죽은 듯 고요하기만 했다.

"여기는 어디야?"

주변을 살폈지만, 인간의 문물에 아직 완벽히 익숙해지지 못한 세일럼이 단박에 이 건물의 쓰임새를 판단할 수는 없었다.

루나 역시 당연히 자신은 모른다는 듯 고개를 도리도리 내저을 뿐이었다.

"업무 보는 곳처럼 보이지는 않고……. 높은 사람이 지내던 곳인가?"

세일럼은 정원 곳곳을 장식한 화려한 조각들을 보며 짐작했다.

잘 다듬어진 정원수에 둘러싸인 아름다운 루체 신상이 유독 눈에 띄었다.

하지만 오랫동안 한눈팔 수는 없었다.

이동하는 속도가 느려지자 루나가 재차 옷깃을 당기며 재촉한 탓이었다.

"으응, 알았어. 미안해."

세일럼은 얼른 걸음을 재촉했다.

루나는 그를 고요한 궁 안으로 이끌었다.

텅 빈 복도를 따라 걸으면서도 세일럼은 잔뜩 긴장한 채 연신 주변을 두리번거렸다.

인기척이 전혀 없다는 것을 알고 있으면서도 어쩐지 마

음을 놓을 수가 없던 탓이었다.

익숙지 않은 침묵이 오히려 더더욱 그를 불안하게 했다.

"……루나, 어디까지 가는 거야?"

정령은 좀처럼 멈출 생각을 하지 않고서 그를 점점 더 안으로 이끌었다. 이윽고 세일럼은 거의 사람들이 드나들지 않았던 듯한 구간까지 다다랐다.

화려하게 꾸며진 다른 곳들과는 달리, 제법 삭막한 곳이었다.

바닥에 깔린 카펫도 관리가 다소 소홀했는지 색이 바래 있었고, 심심찮게 보이던 루체 신의 조각이나 장식물들도 거의 보이지 않았다.

청소 정도는 한 것 같았지만, 그마저도 꼼꼼하지 못했는지 창틀 사이에는 먼지가 살짝 앉아 있기도 했다.

'그렇다고 해서 완전히 손길이 끊겼던 것 같지는 않은데…….'

루나는 세일럼을 구석진 곳의 계단 아래로 이끌었다. 지하 특유의 서늘한 공기와 곰팡이 냄새가 한꺼번에 끼쳐 왔다.

바깥에서 그나마 새어 들어오던 빛마저도 완전히 차단되고, 사방에 어둠이 고였다. 이 주변에서 빛을 품은 존재는 오직 정령인 루나뿐이었다.

'제대로 찾았구나.'

그런 직감에 세일럼이 마른침을 꿀꺽 삼켰다.

아래로 내려갈수록 보폭이 점차 조심스러워졌다. 그리고 마침내 세일럼은 오래된 창고처럼 보이는 공간에 다다를 수 있었다.

하지만 낡아빠지고 먼지투성이라는 점 외에는 딱히 특별한 것은 보이지 않았다.

오래된 가구나 짐 따위가 아무렇게나 쌓여 있을 뿐이었으니까.

"여기에 뭐가 있다는 거야?"

세일럼의 물음에 루나는 더욱 안쪽으로 날아들었다. 작은 몸이 품은 빛이 희미하게 앞을 밝혀 주었다.

세일럼은 루나를 따라 조금씩 앞으로 나아갔다. 신경을 곤두세우며 주의 깊게 주변을 살피는 것도 잊어버리지 않았다.

하지만 채 몇 걸음 가기도 전.

쩌억.

썩은 마룻바닥에서 불길한 소리가 들려왔다.

"어?"

세일럼은 저도 모르게 아래를 내려다보았다. 발 바로 밑에 커다란 금이 가 있었다.

호박색 눈동자가 휘둥그레 커졌다.

하지만 미처 제대로 상황 파악을 할 틈도 없었다.

우지끈.

"아……!"

나무 바닥이 그대로 부서졌다.

몸이 아래로 쑥 빨려드는 감각에 반사적으로 팔을 앞뒤로 휘적여 보았지만 속수무책이었다.

"우와앗!"

우당탕! 부서진 나무 조각들과 함께, 세일럼은 새카만 암흑 속으로 추락하고 말았다.

* * *

"어째 좀 추운 것 같지 않냐?"

한참 동안 걷던 라이더가 혼잣말처럼 중얼거렸다. 그러자 바로 코앞에 앞서 가던 후배 놈에게서 밉살맞은 대답이 돌아왔다.

"그거 다 정신력 부족입니다."

"그렇게 말할 줄 알았다, 이 자식아."

정작 그렇게 말하는 아렌트의 코와 귀 끝 역시 빨갛게 물들어 있었다.

하지만 아렌트는 그것을 미처 알아차리지 못했는지, 아니면 그냥 무시하고 있는 건지 아무렇지도 않은 얼굴로 앞서나갈 뿐이었다.

얼마쯤 걸었을까, 질척이던 지면은 어느새 말라붙어 있었다.

환기가 잘 되는 구역에 다다른 건지, 탁하던 공기 역시 한층 가벼워졌다. 주변을 둘러싼 벽돌도 재질이 바뀌었다.

가장 큰 변화는 몇 걸음에 한 번씩 터져 나오던 불길한 폭음이 갑자기 뚝 멎었다는 거였다.

"렉시온 님의 결계 안에 들어온 건가?"

"네. 아마 왕궁 지하 깊은 곳쯤 될 거예요. 아."

시큰둥하게 대답해 주던 아렌트가 먼저 걸음을 멈췄다.

라이더 역시 그와 같은 것을 발견하고는 우뚝 멈춰섰다.

두 사람은 어느새 막다른 곳에 다다라 있었다.

"뭐야, 막혔잖아?"

"그러게요."

딱히 당황한 기색도 없이 대답한 아렌트가 다시 성큼 걸음을 옮겨 벽 쪽으로 다가섰다.

"너 뭐 해?"

"스텔이 우리를 엉뚱한 곳으로 데려다줬을 리도 없고, 그렇다고 우리가 중간에 길을 잘못 들었을 것 같지도 않거든요."

무사히 렉시온의 결계 안으로 들어왔다는 게 그 증거였다.

"문화생활 같은 것엔 눈곱만치도 관심 없는 선배는 잘

모를 이야기지만……."

아렌트는 한쪽 발을 들어 정면의 벽을 걷어찼다.

쿠우웅. 묵직한 울림이 사방을 가득 채웠다. 벽 너머가 텅 비어 있다는 의미였다.

눈을 휘둥그레 뜬 라이더에게 아렌트가 간단히 덧붙여 주었다.

"생각보다 이런 경우가 흔해 빠졌단 말이죠. 모험 소설 같은 데서도 자주 나오잖습니까."

"아니, 다른 건 그렇다 치고. 넌 몸이 뭐 열 개라도 되냐? 숨 쉴 틈도 없이 바빴으면서 그런 건 또 언제 읽은 거야?"

"쓸데없는 소리 하지 말고."

라이더가 황당하게 묻는 말을 일축해 버린 아렌트가 고개를 까닥였다.

"벽이나 뚫어요. 꽤 두꺼워 보이는데 알아서 잘 해 보시고요."

"……야. 하나만 묻자. 너 내가 선배라는 건 알고 있냐?"

"그래서 뭐 어쩌라고요. 나이 많으셔서 좋겠네요. 전 곱게 자라서 그런 험한 일 못 합니다."

"……."

결국 본전도 못 찾은 라이더는 한숨을 푹푹 내쉬며 검을 뽑을 수밖에 없었다.

라이더가 검을 몇 번 휘두르자 견고하던 벽이 단번에 잘려 나갔다.

쿠우웅!

벽이 뒤로 무너지며 육중한 소리와 함께 먼지가 자욱하게 일었다. 아렌트가 인상을 찌푸리며 뒤로 한 걸음 물러섰다.

"하여간 음침한 새끼들."

폐쇄된 공간이라 그런지 흙먼지는 쉽게 걷히지 않았다.

하지만 뿌연 와중에도 눈앞에 보이는 풍경이 전과는 사뭇 다르다는 것쯤은 충분히 알 수 있었다.

"와⋯⋯."

라이더의 입에서 탄성이 터져 나왔다.

어두침침하고 불결하던 수로와는 달리, 잘 닦인 복도가 눈앞에 펼쳐진 탓이었다.

오랫동안 왕궁 지하에 숨겨진 채 아무도 그 존재를 모르던 공간이었다.

"광신도들이 혈안이 되어서 손에 넣으려던 게 이건가 보네."

작게 중얼댄 아렌트는 먼저 어두운 복도 안에 발을 들였다.

끔찍할 정도의 어둠이 고여 있었다. 하지만 두 사람은 마력으로 단련된 덕에 거침없이 앞으로 나아갈 수 있었다.

주변을 두리번거리던 라이더가 질린 목소리를 냈다.

"도대체 이게 다 뭐야?"

"들어가 봐야 알겠지만, 고대 신전쯤 될 거예요. 니케포르가 네펠레 왕국에서 영지 하나랑 같이 날려 버린 그거랑 비슷한 거겠죠."

짧게 숨을 한 번 몰아쉰 아렌트가 말을 이었다.

"대전쟁 이전의 흔적은 거의 다 지워졌다고 했지만……. 아직 몇 개 남아 있었던 거죠."

"그리고 체르니온 교단에만 그 존재가 전승됐고?"

"그럴 수도 있지만, 또 다른 가능성도 하나 있어요."

아렌트의 대꾸에 라이더가 인상을 찌푸렸다.

"다른 가능성?"

"지금 설명하긴 길어요. 나중에 내키면 말씀드릴게요."

아렌트가 건성으로 대꾸했다.

라이더는 약간 짜증이 치밀어 오르려고 했지만, 그냥 입을 다물어 버렸다.

저 망할 후배 놈이 한 번 입을 닫기로 결심한 이상, 어떤 짓을 해도 마음을 돌리지 않으리라는 것을 잘 아는 탓이었다.

"사태가 진정되면 르웰린 녀석한테 탐사시켜야겠어요. 우리 같은 사람들보다야 전문가인 그 녀석 쪽이 좀 더 잘 알겠죠."

"일국의 왕자를 손끝으로 부려먹는 사람도 아마 너뿐

자비로운 그늘 아래에서 〈235〉

일 거다."

 툴툴거리는 소리에 아렌트가 어깨를 으쓱였다.

 "본인이 자처한 일이에요. 친구 하자고 먼저 매달렸으니 이 정도는 해 줘야지."

 "……너 친구라는 단어의 정확한 의미는 알고 있냐?"

 "딱 하나는 확실합니다. 그 녀석이 호구라는 거요."

 "왕자님이 들으시면 우시겠군."

 쓸데없는 말을 주고받으며 두 사람은 점점 더 깊은 어둠 속으로 나아갔다.

 자박자박. 나란한 발소리가 짙은 어둠에 새겨졌다.

* * *

 라이오스 드 윈프리드는, 그날과 전혀 변하지 않았다.

 짧지 않게 검을 겨룬 끝에 로저는 그렇게 결론지었다.

 대신전에서 완전히 이성을 잃었을 때와 별반 다를 바 없이, 영웅이 휘두르는 성검은 거칠고 흉포했다.

 시종일관 무표정했지만 스산하게 가라앉은 푸른 눈동자에는, 닿기만 해도 화상을 입을 것 같은 불꽃이 일렁이는 것 같았다.

 로저는 가면 아래에서 눈을 가늘게 떴다.

 '증오와 노기인가.'

 지금 라이오스를 움직이는 원동력을 꼽자면 아마 그 두

가지일 것이다.

자신을 향해 쏟아지는 살기에 손끝이 저릿해질 지경이었다.

영웅의 대적자로서 언젠가는 성검과 직접 겨루게 될 것이라 한참 전부터 예감했던 그였다.

'하지만 설마 이런 형태가 될 거라곤 생각지 못했는데.'

모욕당한 기분에 로저는 다소 불쾌해졌다.

신성력으로 정신을 제어하고 있는 것이 아니었다면 크게 분노했을지도 모를 일이었다.

콰아앙!

라이오스의 검을 쳐낸 로저가 뒤로 훌쩍 도약해 거리를 벌렸다.

"영웅. 그대의 강함은 인정하나……."

사뿐히 착지한 로저가 스산한 눈으로 라이오스를 응시했다.

"아무래도 내가 처음 생각한 만큼 큰 그릇은 되지 못한 듯하군. 사사로운 감정으로 대업을 더럽히지 마라."

"그릇이라."

검을 한 번 털어 낸 라이오스가 성큼, 로저를 향해 다가갔다.

"그대가 나를 어떻게 보았는지 잘 모르겠군. 솔직히, 거기까지는 내 알 바 아니다만."

영웅의 입에서 로저가 미처 상상치 못한 말이 흘러나왔다.

가면 아래에 숨겨진 로저의 미간이 구겨졌다.

"뭐라고?"

"난 원래 대단한 인물이 못 된다. 나약한 데다, 누구 말대로 물러 터져서는 사리 분별조차도 하지 못할 때가 많지."

라이오스는 로저를 똑바로 응시하며 천천히 말을 이었다.

"그러니 대업 같은 것을 맡을 만한 위인이 아니야. 사람을 단단히 잘못 봤다."

"……허."

한참 동안 말을 잇지 못하던 로저가 헛웃음을 터뜨렸다.

"겸손이 과한 것도 불경하다는 것을 모르나? 아니면, 감히 신의 선택을 부정하겠다는 건가?"

지금의 라이오스가 자신을 폄하한다는 것은 그런 의미였다.

루체 신은 분명히 라이오스를 영웅으로 선택했다. 그의 손에 있는 성검이 바로 그 증거였다.

"내게 성검을 내리신 것은 분명 루체 님이시지. 그렇다면 나로서는 그분의 안목에는 다소 유감을 표할 수밖에. 나는 처음부터 영웅의 재목이 아니었으니까."

라이오스는 검을 고쳐 쥐며 덧붙였다.

"그러나 이미 내 손안에 들어온 이상, 마다할 필요도

딱히 없더군."

"……더 이상 우리의 싸움을 모독하지 마라."

결국, 듣다 못한 로저가 경고했다.

일렁이는 감정을 대변하듯, 업화의 축복이 일으키는 화염이 더욱 거세졌다.

하지만 라이오스는 말을 멈추지 않았다.

"애당초 모독할 것이 있었던가? 그대나 나나, 대단치 않은 존재인 것을. 이 싸움이 그리 위대한 자들의 것이었나?"

새파란 눈동자에 숨기지 못한 분노가 여실히 드러났다.

"나는 이제 잘 모르겠군."

아직도 그 모든 순간이 생생했다.

신앙이나 희생, 신의 따위를 비웃던 견습 기사가 한 치의 망설임도 없이 검 앞으로 뛰어들던 순간.

찰나 보였던 아렌트의 다급한 얼굴과 라이오스가 미처 그것을 인식하기도 전 무자비하게 살갗을 가르던 검.

그때 맡았던 피비린내와 얼굴을 적셨던 뜨거운 피, 그리고 제 품 안에서 싸늘하게 식어 가던 견습 기사.

당시의 모든 것이 아직도 화인처럼 눈꺼풀 아래에 새겨져 있었다.

그 후 신의 은총인지 농간인지 모를 것으로 무사히 살아남았으나, 아렌트는 아직도 고통에 사로잡혀 있었다.

하지만 아렌트는 꺾이기는커녕 정면으로 맞서 싸우는 길을 선택했다.

'결국은 다 내가 부족한 탓이지.'

라이오스가 이를 악물었다.

그럴수록 더더욱 라이오스는 주어진 역할에 충실할 수밖에 없었다.

최전선에 서서 최대한 많은 적을 온몸으로 막아 낸다.

적들의 검이 자신의 사람들에게 닿지 않도록.

성검도, 영웅이라는 감투도 지금 와서는 단지 그 목적을 위한 것들일 뿐이었다.

"지금 그대 앞에 있는 것은 영웅 같은 것이 아니라…… 어린 부하를 잃을 뻔하고서 복수심에 사로잡힌 못난 기사단장이고."

라이오스는 검을 다잡고 로저를 노려보았다.

"그대는 그런 나의 원수일 뿐이지. 감히 영웅이나, 대적자 같은 거창한 이름은 붙이지 마라. 지금 중요한 것은 고작 그런 것이 아니지 않나."

가면 너머에서 로저가 얼굴을 딱딱하게 굳혔다.

"건방진 놈."

그것을 마지막으로 대화가 끊겨 버렸다.

성검에 강한 신성력을 일으킨 라이오스가 다시금 그를 향해 지면을 박찬 탓이었다.

로저는 이를 악물며 다시금 화염을 일으켰다.

두 사람이 다시금 정면으로 충돌하려던 그 순간.

콰아아앙!

먹구름 같은 마력이 가득 낀 하늘에서 천둥이 내리꽂혔다.

그 여파로 바로 주변에 있는 건물이 한순간에 박살 났다.

하지만 라이오스와 로저는 움직임을 멈추지 않았다. 화염에 휩싸인 검과 신성력을 두른 검이 정면으로 충돌하며 또 한 번 공기를 찢어발겼다.

* * *

"……괜찮니?"

머리 바로 위에서 다정한 목소리가 들려왔다. 가만가만 이마를 쓰다듬어 주는 손길 역시 느껴졌다.

어쩐지 몰려드는 졸음 탓에, 세일럼은 한동안 눈을 뜨지 못했다. 이대로 잠드는 것도 나쁘지 않겠다는 생각이 몽롱한 의식 속에 파고들었다.

너무 피곤했다.

눈을 감은 채 이대로 수마에 빠지는 것도 나쁘지 않을 것 같았다.

그러나 세일럼이 막 안식이라는 유혹에 잠기려던 순간, 낯선 피비린내가 코끝을 스쳤다.

"……!"

세일럼은 크게 숨을 들이켜며 자리에서 벌떡 몸을 일으켰다. 그러자 방금까지 그를 돌봐 주고 있던 사람이 멈칫하며 뒤로 물러섰다.

멀뚱히 주변을 둘러보자 낯선 풍경이 눈에 들어왔다.

여전히 사위는 어둠에 잠겨 있었지만, 낡아빠진 창고 대신 번듯한 복도가 세일럼을 반겼다.

머리 위에는 자신이 추락한 구멍이 뻥 뚫린 채 이따금씩 썩은 나무 파편을 후두둑, 떨어뜨리고 있었다.

피비린내는 아직까지 미처 닦아 내지 못한 자신의 손에서 난 것 같았다.

"……."

얼떨떨하게 고개를 돌린 세일럼은 자신의 바로 옆에 앉아 있는 한 사람에게로 고개를 돌렸다.

소년과 시선이 마주친 여성이 조심스럽게 물었다.

"괜찮니? 어디 아픈 곳은 없고?"

세일럼은 저도 모르게 잠시 넋을 놓고 말았다.

다정하지만 한편으로는 묘하게 들리는 음성이었다. 어둠 속에 녹아든 듯 보이는 외모 역시 평범함과는 상당히 거리가 멀었다.

'새하얗다.'

어둠 속에서도 창백할 정도로 흰 피부가 스스로 빛을 내는 것처럼 도드라졌다.

그와는 대조적으로, 길게 쏟아지는 머리칼은 밤하늘을 잘라 만든 것처럼 그저 새카맣기만 했다.
 조심스레 세일럼을 향해 뻗어온 손끝은 가느다랗다 못해 톡 치면 바로 부러질 것처럼 위태로워 보였다.
 한순간, 상황도 잊고 넋을 놓을 정도로 아름다웠지만, 그녀에게서는 조금의 생명력도 느껴지지 않았다.
 마치 살아 있는 사람보다는…….
 '꼭 도자기 인형을 마주 보고 있는 것 같아.'
 세일럼은 마른침을 삼켰다.
 그러나 레이와 루나는 그녀의 가냘픈 어깨가 편안한 횃대라도 되는 것처럼, 안정적인 자세로 앉아 있었다.
 "다 봤어?"
 그녀가 입을 열자 멍하니 있던 세일럼이 화들짝 놀라 자세를 바로 했다.
 "아, 그, 죄송합니다. 너무 빤히 쳐다본 것 같아서……."
 "괜찮아. 이런 곳에서 마주쳤으니, 놀라는 것도 당연한 일이지."
 여성이 부드러운 미소를 띠며 조용히 대답했다.
 "어디 아픈 곳은 없고?"
 "네에……. 딱히 다친 곳은 없는 것 같아요."
 얼떨결에 고개를 끄덕이면서도, 세일럼은 여전히 멍하기만 했다.

뭐가 어떻게 된 일인지 알 수가 없었다.

다른 것보다, 눈앞에 있는 여성의 정체가 가장 의아했다.

엘프가 아니라면 좀처럼 다가가려 하지 않는 정령들은 여성의 뺨에 작은 부리를 문지르며 애교를 부리고 있었다.

'정령들이 다가간 걸 보니, 나쁜 사람은 아닌 것 같은데…….'

얼핏 그런 생각을 한순간, 여성이 가볍게 웃으며 흰 손끝으로 루나의 머리를 쓰다듬어 주었다.

"귀여워라. 하지만 너희들의 주인은 저쪽에 있지 않니?"

"어……?"

멍청히 있던 세일럼의 입에서 얼빠진 목소리가 흘러나왔다.

"그, 그 녀석들이 보여요?"

"글쎄……. 방금 그 질문은 다시 한번 생각해 보지 않겠어?"

그녀가 장난스레 웃으며 되물었다.

그제야 세일럼은 그녀가 여태껏 단 한 번도 눈꺼풀을 들지 않았다는 사실을 깨달았다.

"시야 따위에 얽매이니, 대다수의 사람들은 이렇게 사랑스러운 존재도 인지하지 못하는 거란다."

여성이 손을 뻗자 레이가 그녀의 손가락 끝에 가볍게 내려앉았다.

그제야 그녀가 천천히 눈을 떴다.

하늘에 박힌 달과 닮은 은빛 눈동자가 어둠 속에 고스란히 드러났다.

세일럼이 짧게 숨을 삼켰다.

색 없이 투명한 동공이 놀란 표정을 지은 그의 얼굴을 비췄다.

이미 시각적 기능은 완벽히 상실한 것 같았다. 하지만 그녀에게는 큰 문제가 되지 않는 듯했다.

"결국 빛이 보여 주는 본질이야, 얄팍하기 그지없는걸. 너는 그림자 종족의 주술사지? 보기 드문 귀인이야."

눈매를 보기 좋게 휘며 그녀가 말을 이었다.

"자비로운 그늘 아래에서 이리 너와 만나게 되었으니, 이 또한 체르니온 님의 축복이구나. 이름이 뭐니?"

"……네?"

멍청히 되묻던 세일럼은 한 박자 늦게 피가 차게 식는 것을 느꼈다.

그제야 정신이 차려지며, 그녀의 면면이 눈에 들어왔다.

전신에 로브를 뒤집어쓴 정체불명의 여성.

분명 세일럼은 얼마 전에 그런 존재에 대해 전해 들은 적이 있었다.

그림자 종족의 영역에 단신으로 들어와, 그들을 배교자라 부르며 왕국을 한순간에 뒤흔들었던 체르니온 교단의 성녀.

"……!"

세일럼은 소스라치게 놀라며 벌떡 자리에서 일어났다. 하지만 그녀는 가만히 미소 지으며 말을 이을 뿐이었다.

"아, 성명을 묻기 전에 내 이름을 먼저 밝혀야 했던가? 바깥사람과 마주하는 건 참 오랜만이라, 잠시 깜빡했어."

은빛 눈동자가 다시 눈꺼풀 아래에 가라앉았다.

"내 이름은 이리스라고 하는데, 너는?"

"루나, 레이! 이리 와, 얼른!"

세일럼은 대답하는 대신 다급히 자신의 정령들을 불러들였다.

두 정령은 아쉬운 듯 고개를 갸웃하다 이내 이리스에게서 떨어져 세일럼에게 돌아왔다.

그러자 이리스가 짐짓 아쉬운 듯 말했다.

"아아. 혹시 내가 널 놀라게 했어?"

"놀라게 하고, 뭐고……. 당신 도대체 뭐예요?"

"방금 내 이름을 밝히지 않았던가?"

이리스가 고개를 비스듬히 기울였다.

새카만 머리칼이 그녀의 움직임을 따라 폭포수처럼 쏟아졌다.

초조해진 세일럼이 버럭 외쳤다.

"아니, 그런 말을 하는 게 아니잖아요!"

"왜 갑자기 화를 내는지, 난 잘 모르겠는걸."

하지만 이리스는 여전히 아리송하다는 표정을 짓고 있었다.

잠깐 눈치를 보던 레이와 루나가 다시 포르르 이리스에게 날아들었다. 그리고는 기분 좋게 그녀의 흰 손가락 끝에 부리를 비비적대기 시작했다.

세일럼은 아연실색해 그 모습을 바라보았다.

문득 무덤가 같은 정적이 맴돌던 바깥 전장이 떠올랐다.

"……."

전사자와 부상자, 그리고 여전히 검을 들고 싸우려던 이들이 뒤엉켜 잠든 참혹한 현장.

그 처참한 광경을 만들어 낸 것이 바로 눈앞에 있는 이리스였다.

그것을 깨달은 순간, 세일럼의 낯빛이 창백하게 질렸다.

"아직 대답을 못 들은 것 같은데, 엘프 꼬마야."

굳게 감긴 눈으로 세일럼을 마주 보며, 이리스가 다시 상냥하게 물었다.

"넌 이름이 뭐지?"

5장. 뒤지게 욕 처먹으실 겁니다.

뒤지게 욕 처먹으실 겁니다.

세일럼은 아까보다 한층 경계 어린 눈동자로 이리스를 노려보았다.
"루나, 레이. 이리 오라고 했잖아. 당장 돌아와!"
여전히 아쉬운 듯 잠시 미적대던 정령들이 세일럼에게 돌아갔다.
이리스를 쏘아보며 세일럼이 다시 명령했다.
"내 옆에서 떨어지면 안 돼. 위험하니까."
"흐음."
이리스가 재미있다는 듯 미소 지었다.
"네가 그 아이들을 지킬 셈이구나. 보통은 그 반대가 되어야 할 텐데. 이래저래 별난 정령사인걸."
얼굴을 굳힌 세일럼이 날카롭게 물었다.

"⋯⋯당신이 알 바 아닙니다. 그쪽은 왜 이런 곳에 있는 거죠?"

"왜일 것 같아?"

하지만 이리스는 그저 즐겁기만 한 것 같았다. 울컥한 세일럼이 버럭 외쳤다.

"장난치는 것 같습니까, 지금?"

"일단은 진정하렴. 그렇게 흥분할 필요 없지 않을까?"

작게 웃음을 터뜨린 이리스가 천천히 몸을 일으켰다.

세일럼은 주춤 한 걸음 물러섰다. 가느다란 체형과는 달리, 세일럼이 한참 올려다봐야 할 정도로 상당한 장신이었다.

흘러내리는 긴 머리칼을 귀 뒤로 넘긴 이리스가 다시금 미소 지었다.

"어차피 이곳에는 너와 나뿐인 걸 알지 않니."

"⋯⋯."

"네가 무얼 찾아 여기까지 들어왔는지도 알고 있단다. 아직 목적을 이루지 못했을 텐데?"

뭐라 대꾸하려던 세일럼이 입을 꾹 다물었다. 반박할 말을 미처 찾지 못한 탓이었다.

"내가 네게 도움이 될 수 있을 것 같은데. 네 생각은 어때?"

주먹을 꽉 말아 쥔 세일럼이 날카롭게 대답했다.

"그렇다더라도 그쪽 도움을 받을 생각은 전혀 없습니

다. 당신은 우리 왕국을 엉망으로 만들었어요. 게다가 많은 사람들에게 해를 끼쳤고, 지금도 당신 때문에 죽어 가는 생명이 셀 수 없이 많은데, 어떻게 그렇게 뻔뻔할 수가 있습니까?"

"지금이 전시 중이고, 그대와 내 뜻이 다르다는 것만은 사실이지만."

고민하듯 잠깐 뜸을 들이던 이리스가 덧붙였다.

"나의 탓이라는 말에는 동의할 수 없구나. 다 높으신 분들의 뜻인 것을."

"……."

세일럼은 잠시 할 말을 잊어버리고 말았다. 조곤조곤한 음성이 어두운 복도에 새겨졌다.

"시대가 그렇고, 그분들의 뜻이 그런걸. 우리는 단지 따를 뿐……. 나는 그저 그분의 의지를 이루기 위한 대리인이지."

"그런 말은 다 핑계입니다. 그런다고 해서 당신 부하들의 손에 고통받은 사람들이 사라지는 건 아니에요."

울컥한 세일럼이 사납게 쏘아붙였다. 그러자 이리스가 한동안 침묵했다.

얼마간의 뜸 뒤, 그녀가 한탄하듯 읊조렸다.

"확실히 별나다니까. 하나의 피조물로서, 영광에 몸을 의탁하는 것이 차라리 편안할 텐데."

"네?"

"아니. 아무것도 아니란다. 네게 할 이야기는 아니었구나."

얼떨떨하게 묻는 세일럼에게 이리스가 고개를 내저어 주었다.

"그건 그렇고, 언제까지고 이곳에 있을 수는 없으니……. 슬슬 움직이지 않을래?"

여전히 눈을 감은 채 이리스가 세일럼을 내려다보았다.

"도움이라는 단어가 마음에 들지 않는다면, 그냥 동행 정도로 해 둬도 괜찮을 듯한데."

도자기처럼 새하얀 얼굴을 마주한 세일럼이 움찔했다.

"아무 짓도 하지 않을게. 약속하지. 애초에 나는 할 수 있는 것이 그다지 없단다. 내 모습을 너도 보고 있지 않아?"

이리스가 자상하게 말했다.

"꼬마야, 네게는 날카로운 검도 있고 곁을 지켜 줄 훌륭한 정령도 있지 않니."

"……."

"네 정령들이 얼마 지나지 않아 출구를 찾아 줄 수도 있겠지만, 시간이 제법 걸릴 거야. 정령들의 감각은 산 자들의 것들과는 다소 다르니 방금 같은 불상사가 생길지도 모르지."

썩은 마룻바닥을 피하지 못하고 그대로 추락한 일을 말

하는 거였다. 그것을 알아차린 세일럼이 얼굴을 딱딱하게 굳혔다.

조곤조곤한 목소리가 이어졌다.

"그리고 무엇보다, 나와 함께 가면 반가운 얼굴들을 마주칠 수 있을걸."

"……그건 또 무슨 소립니까?"

"아무래도 널 찾으러 온 사람이 있는 모양이야. 그리 멀지 않은 곳에 있는 것 같은데……."

고개를 든 이리스가 어둠 저편을 바라보았다.

"두 사람이군. 그중 한 명은 아렌트 폰 에크하르트 경인가? 서리 어린 손길의 기운이 느껴져."

잠깐 얼빠진 채 있던 세일럼이 아득하게 되물었다.

"그걸 어떻게 알죠? 아직 아무 기척도 안 느껴지는데……."

"어둠 속에서는 누구보다도 멀리 볼 수 있고, 생생히 느낄 수 있지. 체르니온 님의 은총 덕분이란다."

이리스가 은근하게 덧붙였다.

"정말로 괜찮겠니? 네 걱정 대로 내가 그렇게까지 흉악한 존재라면, 네가 보지 못하는 곳에서 아렌트 경에게 해를 끼칠지도 모르는걸."

"……."

세일럼의 얼굴이 딱딱하게 굳었다. 그 모습이 마냥 재미있는지 이리스가 작게 웃음을 터뜨렸다.

"마지막으로 물어볼게. 네 이름이 뭐지?"

* * *

쿠르르릉.

무시무시한 땅 울림이 지면과 새카만 하늘을 동시에 뒤흔들었다.

거친 마력 폭풍 때문에 이제는 엘프 궁수들의 활도 제대로 날아가지 않을 지경이었다.

"이런……."

전황을 지켜보던 자카르가 얼굴을 구겼다.

그는 신경질적인 손으로 반응이 없는 통신구를 다시 품 안으로 쑤셔 넣었다.

마력이 불안정한 탓에 이제는 통신구는 아예 먹통이 되어 버렸다.

상황은 점차 악화되고 있었다.

엘프 전사들과 구울들, 그리고 신관들이 서로 섞여 난전을 벌이고 있었다.

이제는 전사들이 슬슬 힘에 부쳐 하는 것이 눈에 보일 지경이었다.

아직 전투 때문에 지칠 때는 아니었으니, 원인은 따로 있었다.

자카르의 시선이 자연스레 먹구름이 가득한 하늘로 향

했다.

"렉시온 님……."

 검은 마력 폭풍과 먹구름, 그리고 이따금 번쩍이는 번개 사이에서 언뜻언뜻 거대한 날개가 보였다.

 육안으로는 제대로 확인하기 어려웠지만, 미처 이루 말로 표현할 수 없는 존재들이 서로 이를 드러내는 것이 느껴졌다.

 아직 지상이 무사한 까닭은 두 드래곤에게 아직 자비라는 것이 남은 탓일 터였다.

 하지만 서로에게 정신이 팔려 마지막 이성의 끈을 놓는 순간, 그들은 왕궁과 함께 순식간에 소멸할 것이다.

 '저항조차 하지 못하겠지.'

 생물로서 느끼는 본능적인 두려움이 꿈틀댔다. 그러나 자카르는 억지로 마음을 다잡았다.

"자카르 교관님!"

 그때, 급히 부르는 목소리가 들려왔다. 퍼뜩 정신을 차린 자카르가 고개를 돌렸다.

 어느새 전장을 뚫고 달려온 셰키나가 그를 향해 달려오고 있었다.

"교관님, 상황이 어떤지 보셨습니까?"

 이곳저곳에 입은 부상에서 피를 흘리는 그녀 역시 썩 온전한 상태는 아니었다.

"셰키나 님. 부상이……."

"괜찮습니다. 지금 중요한 것은 그게 아닙니다."

머리칼을 한꺼번에 쓸어 넘긴 셰키나가 빠르게 말을 이었다.

"전사들의 사기가 꺾이고 있습니다. 아직 전선은 유지 중입니다만, 솔직히 얼마나 버틸 수 있을지 모르겠습니다. 원인은……."

말끝을 흐린 셰키나가 하늘 쪽을 슬쩍 보았다.

자카르는 얼마 지나지 않아 그녀의 안색도 파리하다는 것을 알아차렸다.

역시 압박감을 느끼는 것은 자카르만이 아니었던 것이다.

우르릉.

상황은 점점 악화되기만 했다.

"……."

지클린은 여전히 구울들의 보호를 받으며 엘프들을 지켜보고 있었다.

자신이 만들어 낸 괴물들에 둘러싸여, 천진하게 미소 짓는 앳된 낯은 제 아버지를 찌르고 엘프들을 배신하기 이전과 크게 다르지 않았다.

착잡한 눈으로 주변을 둘러보던 자카르는 얼마 지나지 않아 한 가지 이변을 더 발견했다.

"이런. 방어막이……."

신음처럼 읊조리는 목소리에 셰키나 역시 놀라 고개를

들었다.

처음에는 육안으로 보이지 않던 방어막이 아까보다도 훨씬 불투명해진 상태였다.

이제는 둘러싸인 왕궁이 제대로 보이지도 않을 정도였다.

니케포르와의 전투 때문에 방어 마법을 향한 렉시온의 집중력이 흐트러진 탓이었다.

그런 와중에 지클린이 이끄는 체르니온 교 전투 신관들이 꾸준히 공격을 가하고, 거기에 이따금 니케포르가 의도적으로 왕궁을 향해 공격을 퍼붓기도 했다.

그런 상황이니 제아무리 드래곤이 펼친 마법이라더라도 서서히 마모될 수밖에 없었다.

"방법을 강구해야 할 듯합니다. 지금은 라그날드 님이 최전선에서 전사들을 이끄는 중이십니다만⋯⋯. 으윽!"

갑자기 강하게 몰아친 폭풍에 셰키나는 말을 채 다 이을 수 없었다.

한순간 중심을 잃고 휘청이던 자카르가 어떻게든 중심을 잡고 다시 고개를 들었다.

어둠 속에서 금빛 날개가 마치 한 줄기 빛처럼 펄럭였다가 금세 모습을 감췄다.

셰키나가 신음처럼 읊조렸다.

"점점 지상과 가까워지고 있습니다. 자칫하다간 휘말릴지도 모르겠습니다."

지금 엘프들이 있는 곳은 드래곤들이 전투를 벌이는 장소 바로 아래였다.

조금이라도 영향을 받았다가는 적의 손도 아니라 아군인 렉시온에게 전멸당할지도 모르는 상황이었다.

"지금은 물러서는 것도 고려해야 할 것 같습니다."

"……하지만 쉽게 판단할 수 없을 것 같습니다."

자카르가 심란하게 대답했다.

손을 뻗으면 바로 닿을 거리에 지클린이 있었다.

체르니온 교단이 노리는 것이 무엇인지도 제대로 알아내지 못한 데다, 무엇보다도…….

"세일럼 님과 아렌트 경, 라이더 경이 왕궁 안으로 진입했습니다."

그 말에 셰키나 역시 얼굴을 딱딱하게 굳혔다.

"라이오스 단장께서는?"

"단신으로 적을 상대하고 계십니다. 명령을 내리실 상황이 아니라 압니다."

"그렇다면 아렌트 경에게서 따로 연락은 없었습니까? 통신구를 가지고 가지는 않으셨고요?"

"아렌트 경이 글렌 경에게 통신구를 받아 갔다고 합니다만, 마력이 요동치는 탓인지 전혀 연결이 되지 않습니다."

자카르가 침착하게 대답했다.

"그렇잖아도 이쪽 상황을 공유하려 아까부터 연결을

시도했습니다. 하지만 통신구가 아예 반응하지 않습니다. 아렌트 경도, 3기사단의 다른 인원 쪽도 마찬가지입니다. 세일럼 님의 뒤를 쫓아 두 사람이 왕궁으로 향했다는 소식이 마지막입니다."

"이런……."

셰키나가 곤혹스레 중얼거렸다.

적들이 왕궁 안으로 쳐들어간다면, 그때부터는 더 이상 세 사람의 목숨을 장담할 수 없었다.

이런 경우에는 다수와 몇 인원의 목숨을 두고서 저울질할 가치도 없는 것이 보통이었다.

잔혹하지만 그런 결정을 내리는 것 역시 지휘관의 몫이기도 했다.

하지만 다른 이들은 몰라도 아렌트는 현 전쟁에서 가장 중요한 인물 중 한 명이었다.

그런 사람을 죽도록 내버려둘 수는 없었다.

'이 싸움의 승패 역시 그들의 손에 달려 있지.'

세 사람은 더 많은 피해를 내지 않기 위해 스스로 전장에서 가장 위험한 곳으로 들어갔다.

아렌트 일행이 거기에서 뭘 알아내느냐에 따라 루카인 왕국에서 벌이는 공방의 결과가 달라질 것이다.

그런 이들을 두고서 물러서는 것은 전사로서 죽는 것보다도 더 수치스러운 일이었다.

목숨을 잃는 한이 있다고 한들, 생사를 함께하는 것이

옳을 터였다.

셰키나는 마음을 굳혔다.

"좋습니다. 그렇다면 끝까지 함께…….."

"방금 말씀드리며 확신이 섰습니다."

그러나 그 순간, 자카르가 동시에 입을 열었다.

점점 약해지는 방어막을 똑바로 응시하며 자카르가 단호하게 말했다.

"지금은 퇴각하는 것이 좋겠습니다. 라그날드 님께도 그리 전달해 주십시오. 당장 부하들을 물려야 합니다."

미처 예상치 못한 말에, 셰키나는 한순간 멍해지고 말았다.

* * *

한동안 얼빠진 채로 서 있던 셰키나가 되물었다.

"……방금 뭐라고 말씀하셨습니까?"

"물러서는 게 좋겠다고 말씀드렸습니다. 이러다가는 자칫 드래곤들의 싸움에 휘말려서 전멸할지도 모르니까요."

차분하게 돌아온 대답에 셰키나가 황당하게 물었다.

"아니, 하지만 방금 교관님이 말씀하시지 않았습니까? 안에 아직 세 사람이 있다고요. 만약 그분들이 잘못되기라도 한다면……. 생명에 경중을 따지고 싶지는 않지만,

무엇보다 아렌트 경은 황태자 전하의 최측근이지 않습니까?"

"그렇지만 이런 곳에서 부하들의 목숨으로 도박을 할 수는 없습니다."

하지만 자카르는 뜻을 굽히지 않았다.

"무엇보다도 이곳에서 피해가 느는 것이야말로 아렌트 경이 원치 않는 결과일 테니까요. 그가 언제나 말버릇처럼 하는 말을 기억하십니까?"

"……."

"신의나 의리만을 위해서 자리를 지키는 것은 비효율적인 일입니다. 분노한 드래곤들 사이에서 살아남는 건 불가능합니다."

셰키나는 한순간 말문이 막히고 말았다.

"지클린과 신관들은 분명 탈출 수단을 가지고 있을 겁니다. 그리고 구울들은 다시 만들면 그만이니, 굳이 목숨을 아끼려 하지 않겠지요. 하지만 우리는 다릅니다. 하나하나가 다 소중한 목숨이니까요."

점점 더 거칠어지는 하늘을 올려다보며 자카르가 말을 이었다.

"아무것도 장담할 수 없는 상황에서는 물러나는 것도 나쁘지 않은 선택입니다. 아렌트 경 일행이라면 분명 괜찮을 겁니다. 우리 중 누구보다도 생명력이 질긴 분이니까요."

뒤지게 욕 처먹으실 겁니다. 〈263〉

"그건 그렇습니다만……."

셰키나의 얼굴에 강한 갈등이 어렸다.

다시 그녀를 마주 본 자카르가 짐짓 가볍게 미소 지었다.

"솔직히 말씀드리자면 다른 것보다 나중에 아렌트 경에게 욕먹기 싫어서 그럽니다. 아렌트 경의 입이 한 번 열리면 그때는 황태자 전하나 라이오스 단장도 말리지 못하니까요."

"……."

뭐라 대꾸하려던 셰키나가 입을 다물었다.

"저는 아렌트 경을 믿습니다. 좀 많이 무모한 사람이긴 해도, 이런 곳에서 함부로 목숨을 걸 정도로 아둔하지는 않습니다. 게다가 지금은 세일럼 님과 라이더 경도 함께 계시니……."

자카르가 힘주어 덧붙였다.

"분명 다른 두 사람과 함께 무사히 복귀할 겁니다."

"……."

잠깐 복잡한 얼굴로 자카르를 마주 보던 셰키나가 심란한 낯으로 고개를 숙였다.

그리고 잠시 후, 그녀는 다시 얼굴을 들었다.

결단을 내린 것이다.

"자카르 교관의 뜻은 잘 알겠습니다. 그렇다면 우리가 해야 할 일도 정해졌군요."

"그렇습니다."

자카르가 검을 고쳐 쥐었다.

치열한 싸움이 벌어지는 중이니 퇴각하는 것도 쉽지 않을 터였다.

최대한 피해를 줄이기 위해서는 누군가가 뒤를 단단히 지키며 시간을 벌어야 했다.

그 역할은 분명 자카르와 셰키나, 그리고 라그날드의 몫이었다.

* * *

주변이 완전히 초토화되어가고 있었지만, 라이오스와 로저는 온전히 서로에게만 집중했다.

이따금 떨어지는 벼락이 지면과 건물을 박살 내고 바람은 점점 거세져 평범한 사람이라면 온전히 서 있기도 힘든 지경이 되었다.

그러나 로저와 라이오스는 끈덕지게 서로의 목숨을 노리며 공격을 퍼부었다.

콰드드득!

라이오스가 가한 검격이 아슬아슬하게 로저를 스치며 바로 옆의 지면을 갈랐다.

놓쳤다는 것을 인지한 라이오스는 다음 공격을 위해 로저의 위치를 파악하려 했다. 하지만 그는 이미 시야 밖으로 사라진 뒤였다.

다음 순간, 심상찮은 기척이 바로 뒤에서 느껴졌다.

라이오스가 반사적으로 몸을 굴려 자리를 벗어난 찰나, 방금까지 그가 서 있던 자리에 커다란 폭발이 일었다.

콰아아앙!

새빨간 화염과 검은 마력이 한꺼번에 몰아치며 라이오스를 노렸다.

"……!"

급히 몸을 일으킨 라이오스는 신성력과 강한 자의 그림자가 가진 힘을 최대한을 끌어올렸다.

성검이 부르르 부르르 진동하며 신성한 빛을 내뿜었다. 그대로 검로를 비튼 라이오스는 자신을 향해 쏟아지는 화염을 받아쳤다.

콰아앙!

성검과 정면으로 충돌한 화염이 사방으로 흩어졌다. 그 틈에 로저는 라이오스에게 바싹 접근했다.

미간을 찌푸린 라이오스는 곧장 응대했다.

카아아앙!

두 사람의 검이 정면으로 맞부딪쳤다. 바야흐로 힘겨루기가 이어졌다.

검이 서로 마찰하며 끽, 끼긱, 듣기 싫은 쇳소리가 귓전을 긁었다.

얼마 지나지 않아 라이오스의 팔이 잘게 떨리기 시작했다. 과한 힘에 몸에 부담이 오기 시작한 것이다.

그러나 라이오스는 눈 하나 깜빡하지 않고 눈앞의 로저를 노려보기만 했다.

"……."

로저는 쯧 혀를 차고는 강한 힘으로 라이오스를 쳐냈다.

한 걸음 물러섰던 라이오스는 빠르게 재차 돌진해 검을 휘둘렀다.

서걱!

검 끝이 로저의 가슴께를 가르며 피가 배어 나오기 시작했다. 자신의 상처를 힐끗 확인한 로저는 재차 검을 다 잡았다.

그때, 콰르르릉!

하늘에서 다시금 어마어마한 천둥소리가 울리며 마력 폭풍이 한층 더 강해졌다.

'니케포르 님.'

로저는 가면 아래에서 낯을 딱딱하게 굳혔다.

렉시온과 니케포르의 싸움이 점점 거칠어지고 있었다.

자칫하다간 분노한 드래곤에게 왕국 전체가 날아갈지도 모르는 상황이었다.

로저는 다시 자신을 향해 다가오는 라이오스를 보았다.

이곳저곳에서 남은 상흔에서는 적지 않은 출혈이 일어나고 있었고, 언제나 단정히 정리해 둔 머리칼 역시 연이어진 전투와 마력 폭풍 때문에 엉망으로 흐트러져 있었다.

그러나 영웅은 여전히 굳건했다.

천재지변과 같은 드래곤의 존재감 따위는 전혀 자신과는 상관 없다는 듯, 라이오스는 여전히 로저에게만 집중하고 있었다.

지금 이 순간, 오로지 그를 제거하는 것만이 유일한 목적인 것처럼.

로저는 저도 모르게 질린 목소리를 냈다.

"……정말 제정신이 아니군."

새파란 눈동자에 어린 것은 분노보다도 오히려 정제된 광기에 가까워 보였다.

'분명 처음에는 저런 자가 아니었을 텐데.'

인간은 쉽게 변치 않는다.

라이오스처럼 단단한 자라면 더더욱 그랬다. 하지만 성검에게 선택받는 과정에서 그의 근간이 단단히 비틀린 모양이었다.

다른 생각을 오래 이어 갈 틈은 없었다.

라이오스가 검을 다잡고 다시금 로저를 향해 성큼 다가선 것이다.

로저 역시 거기에 응대하기 위해 아티팩트의 힘을 더욱

끌어올렸다.

'딱 하나 확실한 것은······.'

루체 신조차 예상치 못했을 변화 때문에 라이오스는 더욱 위험한 인물이 되었다는 점이었다.

강한 폭풍 탓에 가면이 들썩였다. 긴 로브 자락이 펄럭이고 사납게 날아든 파편들이 옷깃을 찢어 놓기도 했다.

더 이상 시간을 끌면 드래곤들의 싸움에 휘말려 자신까지 사지가 찢겨 나갈 거라는 직감이 들었다.

그러나 로저는 라이오스를 두고 자리를 비울 수 없었다.

증오라는 감정을 깨달은 영웅이, 어떻게든 따라붙어 체르니온 교 진영을 짓밟아버릴 것이라는 막연한 예감이 든 탓이었다.

'곤란하게 됐군.'

그가 느낀 예감은 다른 이름으로 공포심이라 칭할 수도 있을 것이다.

키에에에엑!

머리 바로 위에서 뭐라 형언할 수 없는 포효가 들려왔다.

드래곤들이 일으키는 거대한 마력 소용돌이가 점차 지면과 가까워졌다.

검은 날개와 황금빛 날개가 드문드문 소용돌이 사이에서 존재감을 드러내기도 했다.

하지만 그런 와중에도 라이오스는 오로지 로저라는 목표에만 집중하고 있었다.

결국 로저 역시 물러서는 것을 포기하고 다시금 아티팩트를 발동했다.

'지금 이 자리에서 몸이 찢어지는 한이 있더라도…….'

저자와 함께 지옥으로 가야만 했다.

차라리 드래곤들의 힘이 라이오스를 죽일 때까지 물고 늘어지는 것이 나을 것이다.

라이오스에게서 느껴지는 살기가 짙어지자 로저 역시 몸을 단단히 긴장시켰다.

그러나 막 영웅이 그를 향해 쇄도하기 직전.

"단장님!"

누군가의 다급한 목소리가 태풍을 뚫고 터져 나왔다.

금방이라도 로저에게 달려들 듯하던 라이오스가 멈칫하고 고개를 돌렸다.

거친 폭풍 사이, 위태롭게 휘청이면서도 어떻게든 중심을 잡은 아서가 보였다.

"……아서?"

갑자기 정신을 차린 사람처럼, 라이오스가 멍하니 그의 이름을 입에 담았다.

이곳저곳에 부상을 주렁주렁 매단 아서는 금방이라도 쓰러질 것처럼 숨을 헐떡이고 있었다.

"저희 쪽은 정리, 헉, 정리했습니다. 단장님도, 그리고 계실 때가 아닙니다! 지금 물러서야 합니다."

아서는 사납게 몰아치는 태풍 속에서 고집스럽게 버티고 서서 그를 향해 외쳤다.

라이오스가 얼굴을 굳히며 되물었다.

"물러서라고?"

"헉, 헉……. 이제 통신구도 작동하지 않습니다. 마력이 미친 듯이 요동치고 있다고요!"

아서의 설득에도 라이오스는 선뜻 결심을 내리지 못했다.

상황은 잘 알고 있었다.

드래곤의 싸움에 휘말린다면 제아무리 성검의 보호를 받는 자신이라 해도 몸이 산산조각이 나고 말 것이다.

"……."

렉시온과 니케포르는 신의 은총을 받은 자에게는 직접 손을 대지 못한다 했지만, 이미 눈이 돌아버린 두 드래곤에게 그 제한이 의미가 있을 것 같지는 않았다.

그러나 아직 눈앞에는 결판을 내지 못한 증오스러운 적이 남아 있었다.

"먼저 가라, 아서."

라이오스는 아서에게서 눈을 떼고 다시 로저를 보았다.

성검을 쥔 손아귀에 재차 힘이 들어갔다.

"단장님! 그러실 때가 아니라고 했잖습니까!"

그 꼴을 본 아서가 답답하다는 듯 다시 소리를 질렀다. 하지만 라이오스는 요지부동이었다.

"난 아직 할 일이 남았다. 그러니 먼저 가라. 다른 녀석들과 함께 안전지대까지 퇴각해. 명령이다."

"단장님!"

라이오스의 고집에 아서 역시 점점 부아가 치밀기 시작했다.

이를 한번 꾹 깨문 아서가 주먹을 꽉 말아 쥐었다.

"자꾸 그러시면……."

그가 독기 어린 눈으로 라이오스를 쏘아보며 덧붙였다.

"나중에 아렌트한테 뒤지게 욕 처먹으실 겁니다."

"……!"

완고하게 버티고 서 있던 라이오스가 멈칫했다.

* * *

안으로 들어갈수록 점점 어둠이 짙어졌다. 계속 이어지는 내리막길은 라이더와 아렌트를 점차 아래로 이끌었다.

"말도 안 돼, 진짜……."

라이더가 저도 모르게 탄식을 흘렸다.

엄청난 규모였다.

꽤 오래 걸었지만, 복도는 여전히 끝이 보이지 않았다. 깊은 지하에 있는데도 호흡이 어렵지 않은 것을 보아하니, 육안으로는 확인할 수 없는 환기 장치도 마련되어 있는 것 같았다.

"도대체 여긴 정체가 뭐야?"

"네펠레 왕국의 모티어 백작 영지 지하에 있던 거랑 비슷한 거겠죠."

앞서가던 아렌트가 담백하게 대답을 내어 주었다.

"지하 신전인지, 아니면 다른 뭔가인지도 곧 알게 되겠네요. 그 빌어 처먹을 거대 파충류 새끼가 기를 쓰고 파괴하려던 거니 분명 시시한 건 아니겠죠."

"너는 왜 이런 순간에도 침착한 거야……? 현실감 떨어지게."

라이더가 질린 목소리로 중얼댔지만, 아렌트는 당연하다는 듯 그 말을 무시해 버렸다.

얼마나 더 걸었을까.

앞장서던 아렌트가 문득 걸음을 멈췄다.

"후……."

그의 입술 사이에서 숨을 고르는 듯한 한숨이 새어 나왔다. 그것을 알아차린 라이더가 인상을 찌푸렸다.

"뭐야, 왜 그래? 어디 안 좋냐? 힘들어?"

"그건 선배가 상관할 바 아니고요."

하지만 언제 그랬냐는 듯, 아렌트는 싸가지 없는 대답

을 내어 주곤 슬쩍 옆으로 물러섰다.

자신이 마주한 것을 라이더 역시 볼 수 있도록 해 준 거였다.

"왜 상관할 게 아니야, 이 새끼야. 이런 데서 뻗기라도 하면 생고생하는 건 결국 나……."

짜증스럽게 투덜대던 라이더는 한 박자 늦게 뭔가를 깨닫고는 자연스레 입을 다물었다.

짙은 어둠 속에서 거대한 벽이 두 사람의 앞을 가로막고 있었다.

"뭐야, 또 막다른 길이야?"

"하여튼 눈썰미하곤. 좀 자세히 봐요. 저게 어딜 봐서 벽이에요?"

"뭐?"

짜증스러운 타박에 라이더는 인상을 찌푸리고 그것을 더욱 자세히 살폈다.

그리고 잠시 후, 그는 앞을 막은 게 단단히 닫힌 철문이라는 사실을 깨달았다.

"아무래도 제대로 찾아온 것 같죠?"

옆에서 아렌트가 어깨를 가볍게 으쓱였다.

"이거 열 수 있나?"

성큼 다가선 라이더가 문을 흔들어 보았다.

철컹.

그러나 안쪽에서 단단히 잠겨 있는지 둔탁한 쇳소리만

이 어두운 공간을 채울 뿐이었다. 라이더가 쯧 혀를 차며 물러섰다.

"이거 부수는 수밖에는 없겠는데?"

"부술 때는 부수더라도, 최대한 살살 해요."

아렌트가 다시 옆에서 참견했다.

"뭐? 왜?"

"저기 잘 봐요. 그냥 철문이 아니잖아요."

의아하게 묻는 라이더에게, 아렌트가 간단히 고갯짓으로 거대한 문을 가리켰다. 라이더는 인상을 찌푸리고 다시 문 쪽을 확인했다.

어두워서 제대로 확인할 수는 없었지만, 제법 화려한 조각으로 표면이 장식되어 있었다.

"그거 함부로 부쉈다간 슈타들러 백작님이랑 르웰린한테 뼛조각 하나 안 남도록 털리실걸요."

"……."

아렌트가 건네주는 친절한 조언에 라이더가 마른침을 삼켰다.

두 사람이 마주한 것은 지금껏 발견되지 않은 거대 유적이었다.

연구에 돌아 버린 두 사람이라면 중요한 유산을 파괴했다며 라이더를 잡아먹으려 들지도 몰랐다.

"지금 당장은 어두워서 자세히 살필 수도 없잖아요. 무슨 모양인지 제대로 분간도 안 가네."

뒤지게 욕 처먹으실 겁니다. 〈275〉

문에 새겨진 굴곡을 손으로 더듬어보던 아렌트가 다시 라이더를 힐끗 보았다.

"그러니까 잘해 봐요. 힘내십쇼."

"아오, 진짜! 그렇게 말할 거면 네가 하든가!"

"싫습니다. 아까도 말했을 텐데요. 전 곱게 자라서 그런 거 못 한다고요."

신경질을 터뜨리는 라이더와 아렌트 사이에 실랑이가 한바탕 오갔다.

그리고 언제나 그랬듯 본전도 찾지 못한 라이더는 결국 검을 뽑아 들고 문 앞에 설 수밖에 없었다.

여느 때보다 긴장한 채 검기를 일으킨 라이더는, 깔끔한 일격으로 낡아빠진 문틈 사이의 잠금쇠만을 부수는 데 성공했다.

철컹!

문 너머에서 잠금장치가 힘없이 떨어지는 소리가 들려오자 라이더가 안도의 한숨을 푹 내쉬었다.

"후······."

"이야, 이게 되네."

간신히 어깨에 힘을 풀려는데, 바로 옆에서 무심히 중얼대는 목소리가 라이더의 신경을 긁었다.

"네가 하라며, 미친놈아!"

"진짜 될 줄은 몰랐죠. 흠집이라도 내면 르웰린이랑 백작님 사이에 던져두고 구경이나 하려고 했더니."

"환장하겠네. 이 새끼를 어쩌면 좋지?"

라이더가 복장을 터뜨리건 말건, 아렌트는 먼저 성큼 앞서나가 양손으로 문을 밀었다.

끼이익.

섬뜩한 소리를 내며 천천히 입구가 벌어지기 시작했다.

"이야……."

아렌트의 입에서 짧은 감탄사가 흘러나왔다.

방금까지 화내느라 바쁘던 라이더 역시 자연스레 입을 다물었다.

커다란 문이 완전히 열리고, 제법 넓은 공간이 두 사람을 맞이해 주었다.

한 치 앞을 내다보기 힘든 와중에도 규모가 제법 된다는 것은 어렵잖게 알 수 있었다.

"굉장하네. 이 정도 크기면 황궁의 작은 응접실 정도쯤 되는 거 아냐?"

라이더가 혀를 내두르는 사이, 아렌트는 벽 쪽으로 다가가 보았다.

처음 보는 문양이 새겨진 벽돌로 벽이 장식되어 있었다. 벽을 따라 늘어선 조각상들도 보였지만, 어둠 속에서 어렴풋이 확인하는 것으로는 정확히 정체를 파악할 수는 없었다.

"신전이라는 건 알겠는데……. 어떤 신을 모신 거지?

흔히 보이는 루체 님 신전이랑은 좀 다른 것 같지 않냐?"

마찬가지로 주변을 살펴보던 라이더가 말했다.

"그러게요. 이 벽돌 장식은 엘프 왕국에 갔을 때 본 거랑 비슷한 것 같기도 하고요. 조각상을 배치해 놓은 건 루체 신전이랑 유사하고. 절묘하게 섞어 놓은 것 같네요."

간단하게 대꾸한 아렌트는 괜히 옆에 서 있는 조각상을 손으로 한번 툭 치고는 몸을 돌렸다.

그때, 문득 어디선가에서 시선이 느껴졌다.

"……!"

아렌트는 흠칫하며 반사적으로 고개를 돌렸다.

그러나 그곳에는 여전히 어둠에 잠겨 얼굴조차 제대로 식별할 수 없는 조각상이 있을 뿐이었다.

잠깐 그것을 마주 보고 있자니, 불현듯 위화감이 느껴졌다.

"……."

아렌트는 방금 조각상이 닿았던 손을 한 번 쥐었다 펴 보았다.

아까부터 그랬던 것처럼 다소 부자연스러운 감각이 느껴졌다.

서늘한 것 같으면서도 한편으로는 통증 같기도 하고, 약간 뻣뻣한 듯하기도 했다.

'내가 방금…….'

그런 와중에도 방금 손에 닿았던 조각상의 촉감은 선명하게 남아 있었다.

'저걸 만졌나?'

몸을 일으키며 옆에 있는 조각상을 건드는 것 정도야, 무의식중에도 얼마든지 할 수 있는 일이었다.

하지만 아렌트는 그것이 진짜 자신의 '무의식'이었는지, 아니면 다른 의지가 작용한 탓인지 쉽게 확신할 수 없었다.

거기까지 생각이 미치니 어쩐지 속이 뒤틀리는 것 같았다.

'여기까지 들어오는 동안에도 충분히 기분 더러웠는데.'

처음 지하 복도에 발을 들인 순간부터 지금까지 끊임없이 기분 나쁜 시선이 따라붙고 있었다.

그는 배우이니 시선 따위는 얼마든지 무시할 수 있었다.

하지만 이런 식의 개입은 언제나 유쾌하지 않았.

게다가 자신을 지켜보는 거대한 존재감과 함께, 이따금 함께 느껴지는 이질감이란······.

"······."

숨이 막혔다.

사방의 어둠이 끊임없이 목을 조르는 것처럼.

"야. 너 왜 그러고 서 있어?"

그때, 불쑥 들려온 라이더의 목소리가 아렌트를 상념에서 깨웠다.

"거기에 뭐라도 있냐?"

"……아뇨. 딱히."

잠깐 틈을 들이다 평소처럼 대꾸한 아렌트는 방금 자신이 만졌던 조각상 쪽을 다시 확인했다.

아까보다 어둠에 좀 더 익숙해진 눈에 어렴풋한 실루엣이 보였다. 잠시 망설이던 아렌트는 손을 뻗어 조각상의 얼굴 부분을 손끝으로 어루만져 보았다.

"뭐 해?"

"좀 닥쳐 봐요. 뭐라도 알아낼 수 있을지 모르잖아요."

동그란 뺨이 아직 앳된 인상을 표현한 것 같았다. 얼핏 루체 신전에 있는 작은 천사 조각들과 비슷한 것 같기도 했다.

작은 코와 동그란 눈동자, 그리고 머리카락의 감촉이 느껴졌다. 하지만 그것만으로는 제대로 뭔가를 알아낼 수 없었다.

아렌트는 자연스럽게 조각상의 옆얼굴로 손을 가져갔다.

마침내 손가락 끝이 귀에 닿은 순간, 아렌트가 멈칫했다.

"……네레이스?"

"뭐?"

입 밖으로 뜬금없이 흘러나온 한 마디에 라이더가 의아하게 되물었다.

"네레이스? 어디서 들어본 것 같은데."

"엘프 2왕국에서 모시는 바다의 신이요."

짧게 대꾸한 아렌트는 미간을 구기며 한 걸음 뒤로 물러섰다.

이 조각상의 귀는 마치 엘프 것처럼 뾰족하고 길게 표현되어 있었다.

아렌트가 아는 한, 그런 존재는 안개숲 종족이 따로 모시는 바다의 신 네레이스 뿐이었다.

일전 안개숲 종족이 지배하는 엘프 2왕국에서 네레이스의 신전을 방문한 적 있었다.

아서와 함께 자료들을 조사하던 아렌트는 그 자리에서 이상한 손길을 느낀 적이 있었다.

'그리고 지금······.'

자신이 무심코 만지고 관심을 갖게 된 조각상이 하필 네레이스의 것이라니.

이게 단순한 우연처럼 느껴지지는 않았다.

얼굴을 찌푸린 아렌트는 손을 거두고 조각상의 이마를 툭, 한대 쳤다.

"건방지게 굴지 말고, 용건 있으면 직접 찾아와. 바빠 뒈지겠으니까."

뜬금없는 말에 라이더가 눈을 휘둥그레 떴다.

"뭐야, 너. 설마 나한테 말하는 거냐?"
"그럴 리가 있겠어요? 늦장부리지 말고 빨리 움직이기나 해요."
퉁명스럽게 대꾸한 아렌트가 미련 없이 몸을 빙글 돌렸다.
일단 지금은 세일럼을 찾는 게 우선이었다.
조각상이 늘어선 공간을 가로지른 두 사람은 맞은편에서 또 문 하나를 발견했다.
마찬가지로 형체를 제대로 알 수 없는 조각으로 장식된 철문이었다.
한 발 먼저 앞서간 아렌트가 문을 두어 번 흔들었다.
그러자 오랜 세월동안 굳게 닫혀 있던 철문이 끼이익, 육중한 소리를 내며 열리기 시작했다.

* * *

저벅, 저벅.
어두운 와중에 두 사람의 발소리가 새겨졌다. 이리스를 따라 천천히 걷는 와중에도 세일럼은 좀처럼 긴장을 풀지 못했다.
'지금이라면……'
세일럼은 저도 모르게 검자루를 꾹 쥐었다.
무려 체르니온 교의 성녀라는 인물이 방심하며 자신에

게 등을 보이고 있었다.

한없이 가냘프고 약해 보이는 그녀를 찔러 죽이는 것은 별로 어려운 일이 아닐 것 같았다.

그녀를 이 자리에서 죽일 수 있다면 전쟁을 훨씬 빨리 끝낼 수 있을지도 몰랐다.

하지만 아까부터 세일럼의 눈치를 보면서도 이리스에게 가고 싶어 하는 두 정령이 마음에 걸렸다.

'어째서지?'

정령은 악한 자에게는 좀처럼 곁을 내어 주지 않았다. 지금껏 루나와 레이가 세일럼을 제하고 호감을 표한 존재는 라이오스와 렉시온 정도 뿐이었다.

그러니 세일럼은 악한 존재 그 자체인 이리스에게, 어째서 두 정령이 저토록 호감을 표하는지 도무지 이해할 수가 없었다.

'게다가……'

세일럼은 마른침을 삼켰다.

어둠 속에서는 무엇이든 볼 수 있다는 그녀의 말 때문인지, 주변의 암흑이 유난히도 꺼림칙했다.

이리스를 위협하는 순간 어둠에 집어 삼켜질 것 같다는 착각이 들 정도였다.

검을 쥔 손에 식은땀이 차오르기 시작했다.

'그래도 해 볼 가치는 있지 않을까.'

그녀를 죽인다면 전쟁으로 인해 고통받는 수많은 사람

들을 구할 수 있을지도 모른다.

만약 이리스에게 숨겨 둔 힘이 있어, 되려 자신이 위험에 빠질 수도 있었지만, 그래도 한 번쯤은 시도해 볼 만한 도박이었다.

'저 사람 말대로 아렌트 경이 가까이에 있다면 금방 달려와 주실지도 모르고.'

자신이 목숨을 잃는대도, 치명상 정도만 입힐 수 있다면 아렌트가 뒤를 이어 마무리를 해 줄 수도 있을 것이다.

'아렌트 경은 강하니까.'

마음을 굳힌 세일럼이 검을 꾹 쥐었다.

그때, 갑자기 앞선 등에서 상냥한 목소리가 들려왔다.

"혹시 그거 아니?"

"네, 네?"

세일럼은 저도 모르게 얼빠진 소리로 대답하고 말았다. 그가 자신의 실수를 깨닫기도 전, 이리스가 말을 이었다.

"아주 옛날의 신전은 지금보다도 더 많은 기능을 했단다."

"……."

갑작스러운 말의 의중을 파악하지 못해, 세일럼은 불안한 눈으로 그녀의 뒷모습을 보기만 했다.

"지금은 아무도 기억하는 이 없이, 이런 지하에 쓸쓸히

파묻혀 있을 뿐이지만⋯⋯. 언제나 사람들의 발길이 끊이지 않았지."

마치 어린아이에게 옛 이야기를 들려 주는 것 같은 어조였다.

"신께 제례를 올리거나 기도드리는 것은 물론, 사소한 일에 길흉을 점치고 대소사를 앞두고서 좋은 날을 택하기 위해 신관과 상의하기도 했지."

"⋯⋯."

"병에 걸리거나 다친 사람은 치료해 주고, 걸인에게는 잠자리와 먹을 것을 내어 주며 버려진 어린아이와 노약자에겐 보호를 베풀었어. 그런 곳이었단다."

한참을 망설이던 세일럼은 결국 검을 놓아 버리고 말았다.

"도대체 무슨 말이 하고 싶은 거예요?"

"그냥, 그랬다는 이야기지. 지금은 아무도 기억하는 이 하나 없다만."

이리스가 마치 탄식하듯 읊조렸다.

"참 좋은 시절이었어."

가만히 듣던 세일럼이 주저하다 물었다.

"⋯⋯대전쟁 이전을 이야기하는 것 아니에요?"

"그런데? 뭐 걸리는 점이라도 있니, 꼬마야?"

이리스의 느긋한 목소리에 잠시 주저하던 세일럼이 다시 입을 열었다.

"꼭 그 때를 직접 본 것처럼 말씀하시잖아요, 지금."

"그러면 안 될 이유라도 있을까?"

이리스가 흥얼거리듯 물었다. 예상치 못한 대답에 세일럼은 횡설수설하고 말았다.

"아니, 하지만······. 당신은 그리 나이가 많아 보이지 않는데요. 엘프나 다른 종족도 아닌 것 같고······."

확신할 수는 없었지만, 이리스의 겉모습은 인간과 가장 흡사했다. 그렇게 생각한다면 나이를 아무리 많이 쳐줘 봤자 라이오스 단장보다 많을 것 같지도 않았다.

그렇다면 살아온 햇수는 오히려 세일럼보다도 이리스가 더 짧을 것이다.

"물론 그렇지. 나는 그렇게 나이가 많지 않아. 하지만 한편으로는 보기만큼 그리 어리다고도 말할 수 없겠지."

이리스는 선뜻 그 말을 긍정해 주었다. 그러나 세일럼은 오히려 더 혼란스러워지고 말았다.

"무슨 뜻이에요, 그게?"

"글쎄. 무슨 뜻일까?"

이리스가 재미있다는듯 웃었다. 미처 세일럼이 눈치채지 못한 사이, 그녀는 걸음을 멈추고 그를 돌아보고 있었다.

눈꺼풀 아래에 숨어 있던 은빛 눈동자가 드러나며 아름다운 곡선을 그렸다.

"세상은 그리 단순하지 않아, 꼬마야."

"······."

잠깐 넋을 잃고 있던 세일럼은 그녀가 커다란 철문을 등지고 있다는 사실을 깨달았다.

이리스는 그에게서 시선을 떼고 다시 앞을 보았다.

끼익. 끼이이익.

오래된 철문이 마치 이리스에게 스스로 앞길을 내어 주듯, 천천히 뒤로 밀려나기 시작했다.

세일럼은 긴장한 채 주먹을 꽉 쥐었다.

그리고 잠시 후.

정면으로 마주친 뜻밖의 인물에…….

"어?"

세일럼은 저도 모르게 얼빠진 소리를 내고 말았다.

* * *

홀 건너편에서 놀란 목소리가 들려왔다.

"세일럼 님? 세일럼 님 맞으십니까?"

커다란 홀을 사이에 둔 건너편 출입구에, 때마침 문을 열고 들어온 두 사람이 서 있었다.

자신을 부르는 목소리에 멍하니 있던 세일럼이 퍼뜩 정신을 차렸다.

"라이더 경! 아렌트 경! 두 분이시죠?"

"세일럼 님, 무사하셔서 다행입니다. 어디 다치신 곳은…….”

라이더가 눈앞의 목소리를 향해 성큼 다가가려 했다. 하지만 채 한 걸음 떼기도 전, 다소 거친 손길이 라이더의 팔을 잡아챘다.

"잠깐 기다려요."

아렌트였다. 싸늘한 목소리에 라이더가 당황해 뒤를 돌아보았다.

"어, 어?"

"……."

하지만 아렌트는 더 이상 말하는 대신, 차게 식은 눈으로 세일럼과 그 옆에 선 의문의 여성을 응시하고 있었다.

"너 누구야?"

텅 빈 공간에 아렌트의 차가운 목소리가 울려 퍼졌다. 세일럼이 움찔하고 급히 이리스를 올려다보았다.

이리스는 눈꺼풀에 감춰진 눈동자로 아렌트를 가만히 응시하며 작게 미소 짓고 있었다.

"어디서 뭐 하는 말뼈다귀기에……."

라이더를 뒤로 밀친 아렌트는 자신이 대신해 성큼성큼 앞으로 나섰다.

진득한 암흑 틈에서 황금색 눈동자가 유난히도 도드라지게 반짝였다.

"남의 집 애새끼를 함부로 데리고 있어?"

"나 참. 말뼈다귀라니."

가만히 듣던 이리스가 짧게 감탄을 터뜨렸다.

"말버릇이 나쁘다는 소문은 익히 알고 있었지만, 설마 초면에 그런 말을 듣게 될 줄은 몰랐습니다."

"……뭐야?"

그제야 라이더 역시 이상함을 깨달았다. 세일럼 옆에 있는 사람이 엘프 전사가 아니라는 것을 뒤늦게 알아차린 것이다.

홀 중앙에 우뚝 멈춰 선 아렌트가 명령했다.

"세일럼, 당장 이리와."

"네……?"

세일럼이 얼떨떨하게 되묻자 아렌트의 목소리가 더욱 싸늘해졌다.

"너 당장 이리 오라고 분명히 말했다."

아렌트는 여전히 이리스를 살벌하게 노려보고 있었다.

언제나 평정심을 유지하는 그답지 않게, 그녀를 향한 시선에서 노골적인 살기가 느껴졌다.

"네, 네! 지금 바로……."

퍼뜩 정신을 차린 세일럼이 급히 아렌트를 향해 한 걸음을 내밀었다.

하지만, 다음 순간.

세일럼의 몸에서 갑자기 힘이 쭉 빠져나갔다.

"……!"

이변을 알아차린 아렌트가 눈을 크게 떴다. 하지만 그가 채 손 쓸 틈도 없이 세일럼은 이리스의 옆에 맥없이 쓰러져 버렸다.

거의 동시에 등 뒤에서도 털썩, 소리가 들려왔다.

무심코 뒤를 돌아본 아렌트의 얼굴이 딱딱하게 굳었다.

뒤에서 대기하던 라이더마저도 정신을 잃고 쓰러져 있었다.

세일럼은 아직 어리다 하나 엘프였고, 라이더는 결코 호락호락한 상대가 아니었다. 그런 두 사람을 이리스는 별 힘도 들이지 않고 순식간에 제압한 것이다.

"……하아."

천천히 한숨을 내쉰 아렌트는 다시 이리스를 돌아보았다.

그녀 주변을 맴도는 정령들의 빛 아래에 은은한 미소를 띤 아름다운 얼굴이 드러났다.

"처음 뵙겠습니다, 아렌트 폰 에크하르트 경."

그와 시선이 마주치자 이리스는 싱긋 웃으며 천천히 고개 숙여 인사했다.

"저는 이리스라고 합니다. 체르니온 님을 따르는 첫 번째 종이지요."

그녀의 움직임에 따라 검은 머리칼이 아래로 쏟아졌다가 다시 원래 자리로 돌아갔다.

"세일럼 군은 당분간 움직일 수 없게 되었으니, 아렌트 경께서 이쪽으로 오셔야겠군요."

웃음기 어린 목소리에 아렌트의 미간이 살며시 구겨졌다.

조곤조곤 부드러우면서도 상냥한 음성이 이어졌다.

"아니면 제가 그쪽으로 가는 것도 나쁘지 않지요. 어떻게 하시겠어요? 아렌트 경이 편하신 대로……."

"닥치고 목적이나 말해."

아렌트는 그녀의 말허리를 중간에 잘라 버렸다.

"지금 이게 뭐 하자는 수작이지?"

"잠깐 담소라도 나누고 싶은데, 아무래도 공사다망한 아렌트 경께서는 좀처럼 시간을 내어 주지 않으실 눈치라. 죄송합니다."

그러나 이리스는 불쾌한 기색도 없이, 마치 어린애의 재롱을 보는 것처럼 빙그레 웃기만 했다.

"하지만 아직 두 분께는 전혀 해를 끼치지 않았어요. 체르니온 님께 맹세할 수 있답니다."

묘하게 거슬리는 단어에 아렌트가 얼굴을 구겼다.

"아직이라고?"

"네. 아직은요. 단순히 어둠의 품 안에서 편안하게 잠들었을 뿐이라. 하지만 이후에는 어떻게 될지……."

잠깐 뜸을 들이던 이리스가 다시금 낯에 아름다운 미소를 담았다.

"그건 아렌트 경께 달려 있을 듯한데요. 경의 생각은 어떠신지?"

뒤지게 욕 처먹으실 겁니다.

그녀를 똑바로 노려보는 황금색 눈동자가 더욱 한기를 발했다.

"목적이 뭐냐고, 내가 방금 묻지 않았던가?"

"저도 분명 답을 드렸습니다, 아렌트 경. 다른 목적이 있어서 부하들에게도 비밀로 한 채 이곳에 왔는데, 마침 체르니온 님의 인도 덕분에 아렌트 경과 이리 만나게 되었으니까요."

그러나 이리스는 개의치 않고 여전히 부드러운 어조로 답을 내어 주었다.

"이런 좋은 기회를 놓치고 싶지 않았을 뿐이랍니다. 이 정도면 설명이 되었을까요?"

"……."

아렌트는 한동안 대꾸하지 않고 그녀를 가만히 응시하기만 했다. 이리스 역시 그 시선을 피하지 않고 가만히 받아들였다.

한참 뒤, 쯧 혀를 찬 아렌트가 입을 열었다.

"뭐, 좋아. 나도 그 변태 가면 새끼들을 부리는 수장이 궁금했던 차라."

고개를 비스듬히 기울인 아렌트가 삐딱하게 선 채 툭 내뱉었다.

"네가 이쪽으로 와. 건방지게 사람 오라 가라 하지 말고."

"……이것 참."

이리스가 작게 웃음을 터뜨렸다.

"니케포르 님이 그렇게 말한 이유가 있었군요. 알겠습니다. 제가 그쪽으로 가지요."

그렇게 대답한 이리스는 정말로 본인이 직접 움직여 천천히 아렌트에게로 다가오기 시작했다.

스르륵.

규칙적인 발소리 뒤로 긴 로브가 바닥에 끌리는 소리가 따라붙었다.

거리가 가까워질수록 그녀의 비현실적인 외모가 더욱 자세히 눈에 들어왔다.

당장 눈에 보이는 특징들은 그녀가 인간이라 말하고 있었지만, 그 외의 것들은 하나같이 평범하지 않았다.

'숨소리도 안 들려.'

감각을 곤두세웠지만, 발자국 소리 이외에는 아무것도 느껴지지 않았다.

사소한 기척이나 필요 없는 움직임이 전혀 보이지 않는 탓에 꼭 유령이라도 마주한 것 같은 착각이 들었다.

쓰러진 세일럼 주변을 걱정스레 돌아다니는 정령들이 더욱 생명력 있게 느껴질 정도였다.

이리스는 아렌트의 몇 걸음 앞에서 멈춰섰다.

지금껏 시종일관 눈꺼풀 아래에 감춰져 있던 은빛 눈동자가 서서히 드러나며 아렌트를 한가득 담아냈다.

아렌트는 얼마 지나지 않아 그녀의 두 눈이 시력을 완

전히 상실한 상태라는 것을 깨달았다.

하지만 어둠의 신을 모시는 성녀에게는 그런 것쯤은 전혀 문제가 아닌 듯했다.

한동안 아렌트를 가만히 살피던 이리스가 입을 열었다.

"아름다우신 분이군요, 아렌트 경은."

"나도 알아. 엄청 잘생겼지."

불쑥 튀어나온 대답에 이리스가 멈칫했다.

주머니에 손을 푹 찔러 넣은 아렌트가 무심하게 말을 이었다.

"하긴. 부하들한테도 변태 같은 가면을 씌운 걸 보니 알 만해. 어지간히도 못생겼으니 그런 걸로 가려 둔 거 아냐?"

"……."

"그 새끼들 죽이기 전에 면상 구경은 한 번쯤 해 봐야 하는데. 지금까지는 미처 그럴 겨를도 없었던지라."

아렌트는 비릿한 비소를 머금었다.

"빈센트랑 블레이크였던가, 이름이. 지금 와서는 본명인지 가명인지도 모르겠네. 개죽음당한 놈들 이름이야 별로 관심도 없지만."

"……."

아렌트의 날 선 말에도 이리스는 한동안 침묵한 채 아렌트를 가만히 마주하기만 했다.

그렇다고 지금껏 다른 적들이 그랬던 것처럼 속이 긁힌 듯 보이지는 않았다. 단지 신기한 물건을 구경하듯 가만히 아렌트를 들여다볼 뿐이었다.

얼마간 스산한 침묵이 흐른 뒤, 이리스가 다시 입을 열었다.

"재미있는 이야기네요. 방금 말씀하신 부분은 진심이신가요? 아니면……."

이리스가 다시 입을 열었다.

묘한 어조에 아렌트가 꺼림칙함을 느낄 때쯤, 그녀가 짧게 덧붙였다.

"그마저도 연기인 건가?"

아렌트가 멈칫했다.

* * *

"물러서! 물러서라!"

부하들을 향해 호통치던 라그날드는 끈덕지게 따라붙는 구울 한 마리를 베어 냈다.

퇴각하자는 자카르의 말에는 동의했지만, 최전선에서는 당장 물러서는 것조차도 쉽지 않았다.

"젠장……."

사방은 피비린내와 매캐한 연기로 가득했다. 슬슬 먼동이 터 올 때였지만 하늘을 뒤덮은 먹구름과 마력 때문에 제대로 시간도 가늠할 수 없었다.

"라그날드 님! 3기사단에서 지원이 왔습니다!"

그때, 바로 곁에서 싸우던 전사가 다급히 외쳤다. 라그날드는 곧장 고개를 들어 상황을 확인했다.

구울, 그리고 악신교의 신관들과 맞서 싸우는 전사들 사이에 참전한 푸른 제복 차림 기사들이 눈에 들어왔다.

"이 틈에 물러선다! 후방은 우리가 맡을 테니, 퇴각하도록!"

"물러서! 후방은 우리가 맡는다!"

뒤이어 멀지 않은 곳에서 적들을 견제하던 셰키나 역시 뒤따라 외쳤다. 그렇게 정신없는 상황에서도 자카르는 급히 주변을 둘러보았다.

한 사람을 찾기 위해서였다.

얼마 지나지 않아 그는 원하는 인물을 발견할 수 있었다.

제법 멀리 떨어진 곳에서 라이오스가 굳은 얼굴로 적들을 도륙 내고 있었다.

'라이오스 단장이 저곳에 있다는 것은…….'

자카르는 내심 안도할 수 있었다.

'내 판단이 틀리지 않았다는 거군.'

라이오스는 위급상황에서 동료들을 먼저 안전지대로 보낼지언정, 본인은 적을 앞에 두고 쉽게 물러날 인물이 아니었다.

그런데도 로저를 놓아 주고 퇴각하는 엘프들을 도우러 직접 여기까지 온 것이다.

그건 곧 라이오스 역시 자카르와 같은 결단을 내렸다는 의미였다.

"황실 기사단과 교대한다! 전선을 뒤로 물려!"

자카르가 검을 휘두르며 외쳤다.

푸욱!

단칼에 목이 베인 신관이 비명조차 지르지 못하고 쓰러졌다. 하지만 꾸역꾸역 밀려든 구울이 금세 자리를 채웠다.

라이오스와 기사단이 도우러 온 덕에 퇴각은 더욱 순조롭게 이뤄졌다. 그러나 지클린이 이끄는 군세 역시 그들을 쉽게 놓아줄 생각은 없었다.

"끝까지 물고 늘어져! 놓치지 마!"

지클린의 앙칼진 명령이 신관과 구울 무리에 하달되었다. 그러자 적들이 더욱 맹렬히 그들을 추격해 오기 시작했다.

싸움이 더욱 격렬해지려던 찰나, 먹구름이 잔뜩 낀 하늘에서 번개가 내리꽂혔다.

콰아아앙!

한순간 시야가 새하얗게 탈색되고, 지금까지와는 비교도 할 수 없는 폭음이 뒤따라 검은 하늘을 뒤흔들었다.

반사적으로 시야를 가렸던 자카르는 급히 고개를 들어

번개가 직격타를 입힌 곳을 확인했다.

치직, 칙.

왕궁을 둘러싼 렉시온의 방어막에 전류가 흐르고 있었다.

니케포르의 공격을 렉시온의 방어막이 고스란히 받아 낸 것이다.

그리고 잠시 후.

쩌억.

아까보다도 확연히 불투명해진 방어막에 선명한 금이 새겨졌다.

"이런."

자카르가 탄식을 터뜨렸다. 같은 것을 발견한 라그날드와 셰키나 역시 얼굴을 딱딱하게 굳혔다.

"……서둘러라!"

잠깐 입을 다물고 있던 라그날드가 가장 먼저 외쳤다. 적들을 베어 내는 이들의 손이 더욱 바빠졌다.

* * *

"……뭐라고?"

한참 만에 아렌트가 다시 입을 열었다. 이리스는 여전히 그를 가만히 마주 보며 조곤조곤 말을 이었다.

"당신은 참 묘해요. 이방인으로서 말씀하시는 건지, 그게 아니면 아렌트 경으로서 말씀하시는 것인지 구분하기가 어려워서."

"……."

가만히 듣던 아렌트의 낯빛이 점점 차갑게 식어 갔다. 습관적으로 내비치던 오만함과 신경질도 천천히 갈무리되었다.

얼마 지나지 않아 무표정한 얼굴에는 오로지 냉기만이 남았다.

겉보기에는 미미했지만, 마치 얼굴을 갈아 끼운 것 같은 명확한 변화였다.

"이방인이라……."

아렌트는 이리스를 똑바로 노려보며 천천히 말했다.

"너희 신이 나를 그렇게 부르던?"

어두운 홀에 낮게 가라앉은 음성이 가득 찼다.

이리스는 당황한 기색도 없이 짧게 웃음을 터뜨렸다.

"썩 마음에 안 드시는 모양이군요. 역시 아렌트 경이라고 불러드리는 쪽이 좋을까요? 아니면 당신에게는 또 다른 이름이 있나요?"

"아렌트 폰 에크하르트."

이리스를 똑바로 노려보며 그가 짧게 말했다.

"당신이랑 마주한 이 자리에서 의미 있는 이름은 그것 하나밖에 없어. 무대 위에서 엉뚱한 배역으로 불리는 것만큼 기분 더러운 게 없거든."

"무대라……."

이리스는 그의 말을 천천히 따라 했다.

"그렇군요. 이거 실례했습니다, 아렌트 경. 처음에는 얼핏 이해가 되지 않았습니다만, 그대를 직접 마주하니 이제야 알 수 있을 것 같아요."

"이해가 안 됐다는 건 뭐고, 또 뭘 알겠다는 거야? 똑바로 이야기해."

아렌트가 딱딱하게 대꾸했다. 그러나 이리스는 당장 답을 내어 주지 않았다. 대신 작게 웃으며 한 걸음 뒤로 물러서며 제안했다.

"이야기가 길어질 것 같은데, 잠깐 걷지 않겠어요?"

뜬금없는 말에 아렌트가 미간을 구기자 이리스는 가느다란 팔을 들어 한쪽 벽을 가리켰다.

덜컹.

갑작스러운 소음에 아렌트가 흠칫하며 고개를 돌렸다.

그제야 거대한 철문이 시야에 들어왔다.

굳건한 벽 행세를 하던 육중한 문은 마치 스스로 길을 내어 주는 것처럼 틈이 벌어져 있었다.

열린 문 사이로 한층 더 짙은 암흑이 일렁였다.

"제가 안내해 드리겠습니다. 아렌트 경께서도 이곳의 정체가 궁금하시지요?"

"……."

아렌트는 무표정한 얼굴로 다시 이리스를 마주 보았

다. 그녀의 의중을 탐색하려는 의도였지만, 도자기 인형 같은 낯에서는 아무것도 읽을 수 없었다.

"하아······. 진짜 골치 아파 죽겠네."

짜증스럽게 제 머리를 벅벅 헝클어뜨린 아렌트는 쓰러진 세일럼 쪽으로 성큼성큼 다가갔다.

이리스는 그를 지켜보며 가만히 기다려 주었다.

아렌트는 세일럼을 바로 눕히고 위에 겉옷을 덮어 준 뒤, 라이더를 질질 끌어다 세일럼의 옆에 아무렇게나 던져두었다.

"하여튼 도움 안 되는 인간."

라이더를 향해 짧게 구시렁댄 아렌트가 세일럼 곁을 떠도는 두 정령에게 말했다.

"야. 너희 둘 중 하나는 나 따라와."

그러자 세일럼 위에 앉아 있던 루나가 냉큼 포르르 날아 이리스와 아렌트에게 합류했다.

하지만 정작 루나는 아렌트보다 이리스에게 더 관심이 있는 것 같았다.

이리스의 어깨에 살포시 내려앉은 루나를 보며 아렌트가 쯧 혀를 찼다.

"하여튼, 주인도 못 알아보는 멍청한 정령 같으니."

"걱정하지 말아요. 각인은 충분히 되어 있답니다."

루나의 부리 끝을 쓰다듬어 주며 이리스가 농담처럼 말했다.

"단지 이 애들은 자연이 그리울 뿐인 거겠지요. 오랫동안 고향을 떠나 있었을 테니까요. 결국 자연이라 함은 무릇 신의 기운을 말하는 것이니……."

말끝을 늘인 이리스는 한발 먼저 어두운 문 안으로 미끄러지듯 들어섰다.

"저에게 친숙함을 느끼는 것도 이상한 일은 아니지요. 저 어린 정령사는 아직 그 이치를 깨닫지 못한 것 같지만요."

지금껏 지겹게 통과해 왔던 짧은 복도가 두 사람을 맞이해 주었다.

이리스의 어깨에 앉은 루나가 등불 역할을 해 준 덕에 아렌트는 주변을 살필 수 있었다.

독특한 무늬의 벽돌로 이뤄진 벽에는 화려한 촛대들이 그대로 남아 있었다.

비록 지금은 먼지가 자욱이 쌓이고 곳곳에는 거미줄이 늘어진 꼴이지만, 한때는 제법 사치스러웠던 공간이었다는 것을 어렵잖게 짐작할 수 있었다.

이리스는 익숙하게 앞으로 나아가며 입을 열었다.

"참 많은 사람들이 이 복도를 오갔지요. 그리고 많은 신들께서 걸음 하셔서 약한 존재들을 보살펴 주시기도 했답니다. 넘치는 것도 없었지만 모자람도 없었으며, 풍요롭지는 않았더라도 마음이 가난하지도 않았습니다. 뜨겁지는 않았으나 따스했지요."

마치 노랫말을 흥얼거리는 것 같은 어조였다. 그녀의 뒷모습을 가만히 응시하던 아렌트가 불쑥 말했다.

"영웅이 의미가 없던 시대?"

"네. 역시 아시는군요."

이리스가 기분 좋게 고개를 끄덕였다.

"전쟁의 기미조차 보이지 않고, 모두가 행복했던 시절이었답니다."

"……."

언젠가 마정석 광산의 작은 레어에서 렉시온이 지나가듯 한 번 언급했던 이야기였다.

루체 신과 체르니온 신이 서로 반목하기 이전, 모든 대륙을 뒤덮는 전쟁 따위는 상상도 하지 못했던 시절.

"그 대단하신 드래곤도 직접 언급하길 꺼려하는 이야기를 그쪽은 아무렇지도 않게 말하는군. 편애라도 받는 건가?"

"물론 렉시온 님과 니케포르 님께서는 힘든 일이겠지만, 제게는 그럴 권리가 있답니다."

이리스가 부드럽게 답을 내어 주자 아렌트가 삐딱하게 물었다.

"드래곤도 손끝으로 부리는 성녀라서?"

"신에게 가까이 다가감으로써, 흐름에 기꺼이 순응한 자라서 그렇지요."

이리스는 고개만을 살짝 돌려 아렌트를 힐끗 보았다.

"순리에서 벗어난 당신과는 완벽히 대척점에 있는 존재라 할 수 있겠네요."

아렌트가 눈썹을 살짝 찌푸렸다.

"모두를 아래에 두실 체르니온 님의 대리인을 자청하는 제가, 그대를 낮춰 볼 수 없는 이유가 바로 이것이랍니다. 이렇게 말하면 조금 우스운 노릇이지만, 당신은 제 추억을 논할 수 있는 유일한 인물인지라."

다시 정면으로 시선을 옮긴 이리스가 느긋하게 걷기 시작했다.

사락, 사락.

긴 로브 자락이 바닥에 끌리며 그녀의 뒤를 따랐다.

"그분들의 눈 밖에 나고서도 아렌트 경은 당당히 살아남았지요. 그리고 저는 지난 모든 삶을 그분께 바친 덕에 포용을 얻었답니다. 참 감사하게도요."

"……난 그렇다 치고. 당신은 도대체 정체가 뭐야?"

가만히 듣던 아렌트가 물었다. 딱히 대답이 돌아올 거라 기대한 것은 아니었지만, 이리스는 의외로 선선히 입을 열었다.

"이제는 흐릿한 기억입니다만, 태초의 저는 아마 작은 미물이었던 것 같아요."

"태초?"

"한 줌도 되지 않던 나를, 그분께서는 참으로 귀여워해 주셨답니다. 그때부터 깨달았지요. 저는 그분을 위해서 태어났다는 사실을."

어린아이에게 동화를 들려주듯, 이리스가 다정히 읊조렸다.

"한 번 죽고 다시 태어날 때마다 저는 새로운 육체를 입었습니다. 저는 분명 이전과 같은 존재는 아니었으나 체르니온 님은 많은 생명 사이에서 저를 찾아내셨지요."

여전히 모호한 말들이었다. 하지만 아렌트는 중간에 말을 끊지 않고 가만히 듣기만 했다.

"삶을 거듭하다 보니 언젠가부터는 두 다리와 두 팔을 가지고, 그분의 뜻을 전할 수 있는 입도 얻었답니다. 바로 그 무렵에는 이곳에서 지냈었지요."

손을 뻗은 이리스가 먼지투성이 벽을 쓰다듬었다. 마치 오래된 친구의 뺨을 어루만지는 것 같은 손길이었다.

"저는 그저 체르니온 님 품에서 안식을 찾고 싶은 미물이었으나……. 그분이 성녀가 되라 하셨으니, 그저 따를 뿐입니다."

이리스는 손을 떼고 가볍게 웃음을 터뜨렸다.

"그분께서는 제가 작은 어리광을 부린다더라도 크게 역정 내실 분은 아니니, 오늘의 투정도 용서해 주실 겁니다."

"……."

"이제 이해하시겠나요? 아렌트 경과 내가 왜 동등한 위치라고 말하는지."

아렌트는 한동안 대답할 수 없었다.

그녀가 늘어놓은 기가 막힌 이야기에 어떻게 반응해야 할지조차 가늠이 잡히지 않은 탓이었다.

"그러니까 나는 신에게 정면으로 대들면서도 용케 살아 있는 정신 나간 이방인이고……."

한참 뒤. 자연스럽게 빈정거리는 목소리가 흘러나왔다.

"댁은 몇 번이나 새로운 삶을 살면서 신에게 들러붙어 있는 광신도라는 이야기네?"

"굳이 험한 말로 표현하자면, 틀린 말씀은 아니겠지요."

순순히 돌아온 긍정에 아렌트는 헛웃음을 터뜨리고 말았다.

"내가 오만했군. 이 세상에서 내가 제일가는 광대인 줄 알았는데 나보다 더한 사람이 있었잖아?"

"과찬이십니다. 하지만 자연의 섭리에 고개를 숙이는 것은 무릇 당연한 일이 아니겠어요?"

이리스가 가볍게 고개를 내저었다.

"그러니 고개를 정면으로 그분들께 적의를 드러내는 아렌트 경보다는 제정신이라고 말할 수 있겠지요."

"체르니온 놈의 의지에 반하는 놈들은 죄다 죽여 없애겠다고? 그게 섭리인가?"

아렌트의 어조가 다소 날카로워졌다. 이리스는 이번에

도 부정하지 않았다.

"그분이 원하신다면 저는 그저 따를 뿐입니다."

"……이거 진짜 보통 미친 게 아니군."

잠깐 입을 다물고 있던 아렌트가 실소를 터뜨렸다.

"섭리? 염병도 적당히 해. 방금 전까지 좋은 시대 운운하던 게 누구였지?"

"모두가 사이좋게 지내는 것만이 섭리가 아니지요. 때로는 절대적인 지배자가 필요한 법이랍니다."

지독히도 모순적인 대답이 돌아왔다.

결국 참지 못한 아렌트가 뭐라 쏘아붙이려는 순간, 이리스가 한발 먼저 말했다.

"루체 님이 그리 주장하셨습니다. 세상이 너무 혼란하니, 새로운 규칙을 만들자고."

"……."

아렌트가 멈칫했다. 그를 힐끗 보며 미소 지은 이리스가 말을 이었다.

"그리고 체르니온 님은 거기에 찬성하셨지요. 다른 분들 역시 두 분의 뜻을 따르기로 했답니다."

지금 이리스는 대전쟁이 벌어진 근본적인 이유에 관해 말하고 있었다.

이쪽으로 오게 된 뒤 처음으로 듣게 된 이 무대의 뒷배경이었다.

"……다들 찬성했다고?"

"네. 진심으로 루체 님의 뜻이 옳다고 여기신 건지, 아니면 다른 마음이 있으셨던 건지는 저도 잘 모릅니다. 한낱 미물이 감히 그분들의 의지를 어찌 짐작할까요."

이리스가 가벼운 어조로 말을 이었다.

"그리고 결과는, 보시다시피. 이리되었군요."

굳이 더 듣지 않아도 알 수 있었다. 한쪽은 절대선과 영웅이 되었고, 나머지는 악으로 몰려 처단당했다.

한동안 입을 다물고 있던 아렌트가 운을 뗐다.

"그걸 왜 나한테 떠벌리는 거지?"

"아까 말씀드렸다시피, 추억을 나눌 수 있는 존재는 오직 그대가 유일해서 그렇답니다. 원래 나이가 들면 수다스러워지는 법이거든요."

그런 대화를 나누는 사이, 두 사람은 어느새 통로의 끝까지 다다랐다.

그들은 자연스럽게 걸음을 멈췄다. 지금까지 마주했던 것들보다도 훨씬 거대한 문이 그들 앞을 막고 있었다.

"바로 이 너머에 있습니다."

"뭐가?"

"제 이야기가 틀리지 않았다는 걸 증명할 수 있는 증거가요."

까칠한 물음에 상냥한 대답이 돌아왔다.

때마침 날아오른 루나가 자신의 빛으로 철문을 장식한 화려한 조각을 비춰 주었다.

지금껏 마주했던 것들과 마찬가지로 처음 보는 형식이었다.

하지만 오른쪽 문은 화려한 태양을, 그리고 반대쪽은 은은한 달빛을 묘사했다는 것만큼은 확실하게 알아볼 수 있었다.

"제가 일부러 수하들에게도 알리지 않고 여기까지 찾아든 목적 역시 이곳에 있답니다."

아렌트는 이리스가 덧붙이는 목소리를 흘려들었다.

어쩐지 뒷목이 뻐근해지는 압박감이 들었다.

입안이 타들어 가는 것 같기도 했다.

'대전쟁 이후 신들에게 봉인되었던 과거…….'

숱한 생명을 죽이고 선대 엘프들을 모조리 몰살해 버린 진실의 편린이, 낡아빠지고 위태로운 무대에 오른 한낱 무명 배우의 앞에 놓여 있었다.

* * *

"……."

거대한 문을 마주한 순간, 잘 갈무리해뒀던 심사가 다시금 뒤틀리는 것 같았다.

이리스는 뒤로 물러서서 아렌트를 가만히 지켜보기만 했다.

불편한 침묵의 끝, 아렌트가 결국 날 선 목소리로 쏘아붙였다.

"도대체 뭐 하자는 수작이야?"

"추억담을 나눌 수 있는 그대를 만난 건 참 기쁜 일이지만, 우리가 적이라는 것을 단 한 순간도 잊어버리지 않았답니다."

이리스가 느긋하게 대답했다.

"수작을 꾸미는 것은 적대 관계에서는 당연한 일이지요."

지독하게도 상냥한 음성에서 진득한 악의가 느껴졌다.

"그러니 문을 열어요, 아렌트 경."

마치 유혹하듯 속삭이는 목소리가 이어졌다.

아름다운 비단뱀이 사람을 홀려 서서히 목을 조르는 것 같았다.

"경도 지금 제법 혹하지 않나요? 지금껏 궁금해하던 진실된 역사를 직접 두 눈으로 확인할 수 있는 기회랍니다."

"……."

아렌트는 입을 꾹 다물었다.

그녀의 말대로 어쩌면 반가운 일일지도 몰랐다.

지금껏 홀로 주장하던 신성모독적 가설이 틀리지 않았다는 사실을 증명할 수 있을 테니까.

그러나 문 너머에 숨죽인 것은 치명적인 함정이기도 했다.

'진실이 언제나 좋은 결과만을 불러오는 것은 아니지.'

오래된 봉인이 풀리면, 숨겨졌던 저주 같은 역사가 해일처럼 몰아쳐 지금껏 아렌트가 지키고자 했던 것을 한꺼번에 무너뜨릴지도 몰랐다.

"어서요, 아렌트 경."

부드럽게 재촉하는 목소리가 귓가에 파고들었다.

"……진짜 짜증 나네."

잠깐 허공을 보던 아렌트의 입에서 신경질적인 한 마디가 튀어나왔다.

문 앞으로 성큼 다가선 아렌트는 문에 양손을 올렸다. 정령이 드리운 빛 아래 빨갛게 얼어붙은 손끝이 보였다.

'젠장.'

아렌트는 입술을 꾹 깨물었다. 자신답지 않게 주저하고 있다는 사실을 깨달은 탓이었다.

심장이 쿵쾅거렸다.

본능적인 거부감이 속을 역하게 만드는 한편, 마음속 깊은 곳에서는 어쩔 수 없는 기대감이 꿈틀거렸다.

목 깊은 곳에서부터 피비린내가 났다.

호흡이 약간 흐트러진 것 같기도 했다.

이게 부상 때문인지, 평정을 잃은 탓인지도 구분할 수 없었다.

'배역에 집중해.'

아렌트는 빠르게 상념을 가라앉혔다.

'어차피 해야 할 일은 정해져 있으니까.'

심호흡 몇 번으로 호흡을 진정시킨 아렌트는 손끝에 힘을 주었다.

끼이이익.

듣기 싫은 쇳소리가 어두운 통로를 가득 채우고, 천장에서 돌조각과 먼지가 후드득 쏟아졌다.

태양과 달이 나란히 새겨진 문이 천천히 열렸다. 벌어진 문틈 사이로 이질적인 빛이 쏟아지고, 지하 깊은 곳답지 않게 신선한 공기가 코끝을 스쳤다.

갑작스러운 빛에 아렌트는 저도 모르게 눈을 찌푸렸다.

'이 빛은……'

그리 낯설지만은 않았다.

지금껏 아렌트와 이리스 사이에서 노닐던 루나가 먼저 열린 문 안으로 포르르 날아들었다.

자연스레 정령을 따라 시선을 옮긴 아렌트의 입에서 이내 탄성이 터져 나왔다.

"아……"

한 걸음 아렌트에게 가까이 다가선 이리스가 애정 어린 목소리로 속삭였다.

"참 멋진 광경 아닌가요?"

평소라면 밉살맞은 대사로 한 마디 반박이라도 했을 시점이었지만, 아렌트는 미처 아무런 말도 하지 못했다.

지하라고는 채 믿기지 않을 정도로 드넓은 공간이었다.

반구 형태의 천장이 머리 위를 감싸고 있었고, 바닥에는 각자 다른 지점에서 출발한 흰 돌과 검은 돌이 조화롭게 배열되어 있었다.

어느 지점에서 서로 섞이기 시작한 흑백의 돌은 아름다운 소용돌이 모양을 자아내다가, 둥근 공간의 중심이 되는 곳까지 다다라 드디어 짝을 이루었다.

그리고 그 위에는 두 개의 조각상이 조용히 자리 잡고 있었다.

"……."

희열에 찬, 어쩌면 천진난만한 것 같기도 한 웃음을 띤 얼굴로 하늘을 올려다보는 루체.

그리고 한없이 자애로운 미소를 지으며 바닥을 내려다보는 체르니온.

꼭 쌍둥이처럼 닮은 두 신은 모든 것을 포용하겠다는 듯 가볍게 두 팔을 벌려, 아주 오랜만에 찾아온 방문객을 반겨 주었다.

그리고 높은 천장에는…….

아렌트는 뭔가에 홀린 것처럼 고개를 들었다.

오채색 빛을 띤 나비 한 쌍이 날갯짓하며 아렌트의 눈앞을 스쳐 지나갔다.

호기심 어린 눈을 한 흰 뱀은 이리스의 발치에서 조심

스레 그녀를 살폈고, 옛 동화에 나오는 요정같이 생긴 작은 인영들은 루체와 체르니온의 조각상 사이에 몸을 숨기기도 했다.

그런 와중에도 몇몇 요정들은 궁금증을 억누를 수 없었는지, 작은 머리를 내밀고 아렌트와 이리스를 가만히 지켜보고 있었다.

살면서 단 한 번도 보리라 생각지 못했던 환상적인 광경이었다.

한발 먼저 안으로 들어온 루나는 커다란 새 모습의 정령 주변을 빙글빙글 돌며 반갑다는 듯 활기차게 날갯짓하고 있었다.

"……말도 안 돼."

아렌트가 허탈하게 읊조렸다.

지하와는 어울리지 않는 빛과 맑은 공기는 전부 이 정령들이 내뿜은 기운 때문이었다.

"인간 나라에 남은 정령들의 마지막 쉼터랍니다."

이리스가 상냥하게 설명해 주었다.

"루체 신이 점령한 땅에서, 아직까지 유일하게 균형을 유지하고 있는 게 바로 이곳이니까요. 이곳을 미처 찾아내지 못한 정령들은 그저 무력하게 소멸하는 수밖에 없었을 테지요."

화려한 외부와는 달리 아무런 장식도 없이, 고작 신상만 놓인 고즈넉한 공간이었다.

그러나 적적하진 않았을 터였다.

분명 과거 어느 지점에는 수많은 사람들과 정령들로 발 디딜 틈조차 없었을 테니까.

인간과 엘프, 드워프, 어쩌면 치료받기 위해 찾아든 수인족과 미물들 사이에서 긴 삶의 무료함을 달래던 드래곤들까지.

종족도 나이도 모두 다 달랐겠지만 적어도 신 앞에서만큼은 모두 평등하게 자신 본연의 모습을 되찾을 수 있었겠지.

'이 빌어 처먹을 무대의 뒤편에는……'

정말 동화 같던 판타지 세상이 존재했던 것이다.

"아까 어디까지 이야기했나요? 아, 그래. 루체 님이 새로운 규칙이 필요하다 말씀하셨고, 체르니온 님을 비롯한 다른 분들도 모두 동의하셨다는 데까지 했었네요."

이리스는 몸을 숙여 흰 뱀 정령을 쓰다듬어 주었다.

"짧게 말씀드렸지만, 그분들의 회의는 아주 오랫동안 이어졌습니다. 처음 루체 님께서 그리 말씀하신 뒤 제가 인간으로서 세 번의 천수를 누릴 때까지도 논의는 끝나지 않았어요. 아무래도 쉬이 결정할 수 있는 사안은 아니니까요. 고민에 빠진 신들은 세상을 돌보는 걸 잠시 소홀히 하셨습니다. 그동안 이 신전에 발걸음하는 사람도 점차 줄어 갔지요."

정령이 기다렸다는 듯 얼른 이리스의 가느다란 팔을 타

고 올라갔다.

"거의 찾는 사람이 없어진 이곳을 봉인한 것이 바로 저랍니다."

뱀 정령을 안아 든 이리스는 몸을 일으켜 천천히 두 신상 쪽으로 걸음을 옮겼다.

"논의가 길어질 수밖에요. 절대선, 모든 생명의 기준, 그 무거운 자리를 누가 역임할 것인가……. 그것은 아주 중요한 문제니까요. 가장 유력한 후보는 태초의 쌍둥이 신 루체 님과 체르니온 님이었습니다."

옛날이야기를 풀어놓는 목소리가 마치 꿈결처럼 들려왔다.

사락, 사락.

긴 로브가 끌리는 소리가 여전히 유령 같은 기척의 뒤를 따랐다.

"그리고 드디어 그분들은 한 가지 결론에 다다르셨답니다. 누구 한 분이 더 위대하다고는 결코 말할 수 없으니, 백 년씩 번갈아 가면서 세상을 지키자고요."

아렌트를 등진 이리스는 체르니온과 루체 신상을 몇 걸음 앞둔 자리에서 멈춰 섰다.

아렌트는 가만히 그녀의 뒷모습을 지켜보기만 했다.

조심스럽게 손을 뻗은 이리스는 뱀 정령을 루체 위에 풀어 주었다.

그러자 정령은 마치 제자리를 찾았다는 것처럼 빠르게

루체의 품을 파고들었다.

"처음 두 번은 약속이 잘 지켜졌습니다. 그러나 세 번째에, 루체 님은 자리를 내어놓길 거부하셨습니다."

정령을 놓아준 이리스는 체르니온 신상의 뺨을 가만히 쓸어내렸다.

"루체 님께서 규칙을 어기시고, 태초의 쌍둥이 신이 처음으로 서로 뜻을 달리한 순간이었지요."

* * *

"……설마 이렇게 빨리 퇴각할 줄은 몰랐는데."

마구 흐트러지는 머리칼을 한데 쓸어 넘기며 진이 황당하게 중얼거렸다.

아마 니케포르와 렉시온의 싸움에 휘말릴까 봐 두려워진 거겠지만 생각보다 결단이 너무 일렀다.

잠깐 고민하던 진이 툭 내뱉었다.

"리타, 그 망할 견습이랑 그림자 종족 꼬마는 아직 어디 갔는지 몰라?"

"제 인지 범위를 완전히 벗어난 것 같습니다. 아마 왕궁 안으로 진입한 것이 아닐까 합니다."

시종일관 곁을 지키던 리타가 짧게 대답했다.

"그리고 하나 더. 로저 님은 이미 물러나셨으나, 아인 님의 기척이 느껴지지 않습니다."

"……."

그 말에 진이 살며시 인상을 찌푸렸다.

"설마 당한 거야?"

"네. 적의 손에 넘어간 듯 보입니다."

"으으, 도움 안 되는 녀석 같으니."

짜증스레 투덜댄 진이 다시 하늘을 향해 시선을 돌렸다.

니케포르의 공격을 몇 번이나 받아내고 신관들과 지클린 역시 꾸준히 공격을 가한 결과, 렉시온의 방어막은 이제 금방이라도 깨질 것처럼 흔들리고 있었다.

'전선을 유지하는 건 크게 의미가 없는 것 같고.'

지클린은 가벼운 고민에 빠졌다.

원래 지휘관은 최전선에 나서지 않는 것이 보통이었으나, 루체 신의 군단은 단체로 돌아버리기라도 한 건지 부하들을 뒤에 물려 놓고 본인들이 몸소 전투에 임하고 있었다.

황당하게도 그들이 선택한 전법은 확실히 효과가 있었다.

영웅과 엘프 지휘관들은 시간이 지날수록 빠르게 지쳐 가고 있었지만, 그에 비해 기사들과 전사들은 비교적 수월하게 전선을 물리고 있었다.

'뭔가 속셈이 있을 거라 여겼는데…….'

적들의 꽁무니를 추격하라 명령한 것은, 빠르게 퇴각을 결심한 저들에게 다른 꿍꿍이가 있지 않을까 하는 마음에서였다.

'꼴을 보아하니 그런 것은 아닌 것 같고.'

어차피 이 왕궁을 차지한다면 그들이 원하는 바는 모두 이룰 수 있을 것이다.

마침내 마음을 굳힌 지클린이 다시 명령했다.

"도망치는 놈들은 그냥 내버려 둬! 어차피 잔챙이들일 뿐이야."

어차피 루카인 왕국은 이미 수중에 들어온 것과 마찬가지였다. 왕족들을 제대로 확보하지 못한 점은 상당히 마음에 안 들었지만, 지금은 좀 더 중요한 일이 있었다.

"방어막이 깨지면 바로 왕궁 내부로 진입해! 그 뒤로 마주치는 것들은 죄다 죽여 버려!"

번쩍!

때마침 검은 하늘을 갈라놓은 번개가 반쯤 부서진 방어막에 직격했다.

눈치 빠르게 다가온 리타가 손수 지클린의 귀를 막아 주었다.

콰르르릉!

뒤이어 빛보다 한 박자 늦게 도착한 폭음이 사방을 뒤흔들었다. 반사적으로 눈을 질끈 감았다가 뜬 지클린이 다시 고개를 들었다.

잠시 후.

그녀의 입가에 씨익 곡선이 드리웠다.

쩌억, 쩌적.

마치 병아리가 깨고 나오기 직전의 알껍데기처럼 방어막에 새겨진 금이 더욱 영역을 넓혀 가고 있었다.

렉시온은 필사적으로 니케포르를 상대하느라 미처 거기까지 신경을 기울일 여유가 없는 듯했다.

"이제……."

지클린이 천진한 탄성을 터뜨리는 것과 거의 동시에…….

"됐다!"

쨍그랑!

요란한 소리와 함께 두꺼운 방어막이 산산이 조각났다.

그 소리에 체르니온 교 무리와 맞서 싸우던 전사들과 기사들 역시 급히 고개를 들어 현장을 확인했다.

방어막의 잔해가 마치 별이라도 된 것처럼 흩어지더니, 이내 흔적도 없이 소멸하고 말았다.

"단장님!"

달려드는 신관을 단칼에 베어낸 글렌이 급히 라이오스를 불렀다.

마침 같은 것을 본 라이오스가 얼굴을 딱딱하게 굳혔다.

충분히 각오하긴 했으나, 그들로서는 결코 원치 않던 사태가 도래한 것이다.

(배신 기사의 유쾌한 신의 17권에서 계속)